ROSE THORN

Evangelina – Ritter oder König

Bibliografische Information der Deutschen Nationalbibliothek:

Die Deutsche Nationalbibliothek verzeichnet diese Publikation
in der Deutschen Nationalbibliografie; detaillierte bibliografische
Daten sind im Internet über dnb.dnb.de abrufbar.

© 2019 Rose Thorn

Covergestaltung/Fotografie:

Künzer Kommunikation, www.kuenzer-kommunikation.de

Satz, Herstellung und Verlag:

BoD – Books on Demand, Norderstedt

ISBN: 978-3- 7494-2671-3

Für meine Hoheit

Kapitel 1

An einem kalten Novemberabend durchritt der Rheinische König Maximilian I. auf der Rückkehr aus einer erfolgreichen Schlacht mit seinem Gefolge einen der entlegensten Landstriche seines Herrschaftsgebietes, welches sich fast über das gesamte Deutsche Land erstreckte. Es war bereits dunkel, der Wind heulte und die Pferde wurden immer unruhiger, als ihnen kurz vor dem nächsten Dorf am Wegesrand ein Bauernmädchen begegnete.

Der Erste Reiter der Gefolgschaft hielt sein Ross an und fragte das Mädchen, was es hier um diese Zeit alleine in der Dunkelheit und bei diesem Wetter noch zu suchen habe. Als es nicht antwortete, befahl er ihm niederzuknien. Auch dies tat es nicht. Daraufhin fuhr er es an: »Siehst du denn nicht, wer hier vor dir steht?« Er erhielt abermals keine Antwort. »Es ist niemand Geringeres als dein König.«

Das Mädchen blickte den Reiter nur stumm an und rührte sich nicht. Schließlich ritt ein Mann, welcher bisher in der Dunkelheit durch den vorderen Reiter verdeckt war, auf einem so prächtigen Ross, wie es tatsächlich nur einem König gehören konnte, ins Licht der Laterne. Zunächst betrachtete das Mädchen nur das edle Tier, welches sich stolz vor ihm aufbaute. Der Hengst war, abgesehen von einer weißen Fessel und seiner mittig leicht rosa schimmernden Nase, schwarz wie die Nacht. Seine üppige, wallende Mähne reichte bis über seine Schultern. Er war sich seiner Schönheit und Ausstrahlung offensichtlich bewusst und schien den bewundernden Blick des Mädchens zu genießen, welcher nun von dem Ross zu dessen Reiter wanderte. Einen Moment lang stockte dem Mädchen der Atem, als es direkt in die tief blauen Augen des Königs blickte, die streng, aber zugleich auch gütig wirkten. Sein Antlitz war sehr maskulin mit markantem Kinn, seine Haltung würdevoll und unter seinem goldbestickten Gewand zeichneten sich deutlich seine ausgeprägten Muskeln ab. Voller Ehrfurcht sank das Mädchen nun wortlos auf die Knie. Statt sein Haupt demütig zu senken, erwiderte es jedoch weiterhin den Blick des Königs, der dieses ungebührende Verhalten wortlos hinnahm.

Er befahl dem Mädchen: »Führe mich und meine Gefolgschaft ins Dorf. Ein Sturm zieht auf. Wir werden dort Quartier nehmen bis sich das Wetter beruhigt hat.« Der König sprach mit einer so dunklen männlichen Stimme wie das Mädchen sie noch nie zuvor gehört hatte.

Es gehorchte und brachte sie zu der Herberge in der Mitte des Dorfes. Neben dem Tor zum Innenhof warfen die wild lodernden Fackeln unruhige Schatten.

Der Wirt begrüßte die Gäste mit einer Verneigung und wies seine Bediensteten sofort an, die Zimmer für den hoheitlichen Besuch sowie die Stallungen für die Pferde herzurichten. »Ich werde mich nach Kräften bemühen, alle Eure Wünsche zu erfüllen, meine verehrte Hoheit.«

Der König nickte und befahl dem Ersten Reiter, der gleichzeitig sein engster Vertrauter war: »Aldan, geleite das Mädchen sicher nach Hause.«

Dieser wunderte sich über den Befehl, da es sich doch nur um ein Bauernmädchen und nicht um eine Edeldame handelte, wagte jedoch nicht, die Anordnung in Frage zu stellen. Der König wollte das Mädchen in Sicherheit wissen, da er sich auf sonderbare Weise von ihm berührt fühlte. Sie schien auf den ersten Blick ein gewöhnliches Bauernmädchen zu sein, doch selbst in der Dunkelheit und trotz ihres vom Wind zerzausten Haares waren ihre feinen Gesichtszüge und ihr graziler Körperbau zu erkennen. Ihre großen, braunen Augen hatten ihn sanft und warm angeblickt, jedoch war keine Demut darin zu erkennen. Der König fand in der Nacht kaum Schlaf. Er wälzte sich unruhig hin und her und hatte seltsame Träume. Mitten in der Nacht tobte der Sturm so wild, dass alle Fackeln draußen erloschen und die Fensterläden quietschten und knarrten.

Auch das Mädchen, dessen Familie sich schon Sorgen gemacht hatte, lag noch lange wach. Es blickte in das warme Licht der Kerze bis diese erlosch und lauschte dem Sturm, während es die unerwartete Begegnung nochmals Revue passieren ließ, bevor es schließlich ins Reich der Träume gelangte.

Als das Dorf am nächsten Morgen erwachte, war es

sehr still. In der Nacht war ein halber Meter Schnee gefallen, der die üblichen Geräusche dämpfte. Der König ließ verkünden, dass er und seine Gefolgschaft solange vor Ort verweilen würden bis Tauwetter einsetze. Seine Männer und die Pferde waren von der Schlacht geschwächt, sodass eine Fortsetzung der Heimreise durch den tiefen Schnee zu beschwerlich gewesen wäre.

Nach dem Frühstück ritt er zusammen mit Aldan zu dem Haus am Rande des Dorfes, wo das Bauernmädchen wohnte, das sie am vergangenen Abend zu der Herberge gebracht hatte. Der Vater des Mädchens holte gerade Brennholz aus dem Schuppen. Als die Reiter in ihren feinen Gewändern auf ihren edlen Rössern angetrabt kamen, wurde ihm schlagartig klar, dass seine Tochter am Vorabend nicht fantasiert hatte, als sie ihrer Familie berichtete, dem König begegnet zu sein.

Er bat die Gäste in die warme Stube herein, in der es nach allerlei Gewürzen roch. »Was verschafft mir die Ehre Eures Besuches?«, fragte er, während er den Gästen von dem auf dem Feuer köchelnden Wein einschenkte. »Glögg – nach dem Rezept meiner Tante aus dem hohen Norden. Ich kenne nichts, das besser wärmt, abgesehen von einer liebevollen Frau«, sagte er schmunzelnd.

»Ich benötige für die Zeit meines Aufenthaltes im Dorf eine Zofe und habe hierfür deine Tochter, die uns gestern zu der Herberge brachte, ausgewählt.

Sollte sie eine gute Schülerin sein, sich nach meinen Vorstellungen entwickeln und mir Freude bereiten, so werde ich sie mit auf mein Schloss nehmen, wo sie mir fortan dienen darf und ein Leben in Reichtum und Fülle führen wird.«

Die Worte des Königs ließen den Bauern erstarren. Er vertraute den Gästen an, dass es sich nicht um seine leibliche Tochter handele. »Ich weiß nicht, wessen Tochter sie ist und woher sie kommt. Vor 25 Jahren hat es an einem klirrend kalten Winterabend an unserer Tür geklopft. Als ich öffnete, stand vor mir ein fremder Ritter, der um Quartier für die Nacht bat und einen Säugling bei sich hatte. Er war zwei Tage lang durchgeritten. Sein Herr hatte ihm befohlen, dessen neugeborenes Mädchen möglichst weit weg an einen sicheren Ort zu bringen, da es zuhause in großer Gefahr war. Das Kind war so schwach, dass er unmöglich noch weiter reiten konnte. Er hat weder seinen Namen noch den seines Herrn genannt. Meine Frau, die damals mit unserem ersten Kind schwanger war, ist sofort zu den Nonnen gelaufen, die in den kommenden Tagen und Wochen dafür sorgten, dass das Kind wieder zu Kräften kam. Am nächsten Morgen musste der Ritter weiter reiten. Er bedankte sich für die Gastfreundschaft, gab mir einen großen Beutel voller Gold sowie einen Brief seines Herrn und nahm mir das Versprechen ab, gut für das Kind zu sorgen, es unterrichten zu lassen, wenn es alt genug sei, und es zu behandeln und zu beschützen als sei es mein eigen Fleisch und Blut. Dies habe ich all die Jahre getan, denn es ist ein gutes Mädchen. Auch meine Frau und unsere leiblichen Kinder waren ihm immer wohl gesonnen, wenngleich es auch anders ist als wir und die übrigen Dorfbewohner.«

Der Bauer tat sich schwer damit, das Mädchen in fremde Dienste zu geben, doch konnte er sich unmöglich seinem König widersetzen. Dieser befahl ihm, den Brief zu holen, den ihm der Ritter damals überreicht hatte. Der Bauer gehorchte, verließ die Stube und kam nach einigen Minuten mit dem Brief zurück, den er Aldan überreichte, der auf Geheiß des Königs laut vorlas:

»In den letzten Tagen ist mir mehrmals eine Lichtgestalt erschienen. Zunächst dachte ich, es sei nur ein Traum. Doch ich begegnete ihr an allen möglichen Orten. Sie strahlte Wärme und Güte aus und schien mich vor etwas warnen zu wollen. Gestern ist sie mir im Pferdestall erschienen und sprach zu mir: ›Yreiginnei, die deine Zuneigung einst nicht gewinnen konnte, sinnt auf Rache. Die Dunkle Magierin wünscht deiner Frau und deiner Tochter Verderben und Tod. Du darfst keine Zeit verlieren. Bringe beide, getrennt voneinander, in Sicherheit. Zu ihrem Schutz soll niemand – auch du nicht – wissen, wo sie sind. Wenn deine Liebe stark genug ist, wirst du beide wiedersehen. Der Weg deiner Tochter wird beschwerlich sein. Doch ihr Herz ist stark und sie wird mit jedem Tag mutiger werden. Wenn die Zeit gekommen ist, wird ein falbenes Pferd sie zu Königen tragen. Sie wird auserwählt werden und lernen zu dienen, um schließlich mit Bedacht selbst zu wählen und an der Seite eines wahren Königs ein freies Volk zu führen.‹

Wir haben unser Mädchen Evangelina getauft. Das bedeutet ›Frohe Botschaft‹. Möge es Freude in Euer Leben bringen. Ich bitte Euch inständig, gut für es zu sorgen und es zu behüten und zu beschützen wie Euer eigenes Kind. Es zerreißt mir das Herz, dass ich diese väterliche Pflicht nicht selbst übernehmen kann. Ich werde versuchen, die Dunkle Magierin zu finden und unschädlich zu machen. Sobald mir dies gelungen ist, werde ich meine Tochter wieder zu mir nehmen. Seid versichert, dass ich Euch für Eure Hilfe reich entlohnen werde.«

Nach kurzem Schweigen sprach der König, der selbst noch keine Kinder hatte, obwohl er bereits Ende 30 war, bedächtig: »Mach dir keine Sorgen, Bauer. Solange Evangelina mir dient, steht sie unter meiner Obhut. Und wer könnte ein Mädchen besser behüten und beschützen als ein König, der über eine ganze Armee verfügt?«

So willigte der Bauer schließlich ein und rief Evangelina sowie seine Frau und seine leiblichen Kinder zu sich. Jetzt, da er Evangelina bei Tageslicht erblickte, sah der König, dass sie keineswegs mehr ein Mädchen, sondern bereits eine junge Frau war. Ihr rötliches Haar und ihre noble Blässe zeugten von adliger Herkunft.

Der König ergriff das Wort: »Heute ist ein besonderer Tag. Evangelina wurde von mir ausgewählt, um mir für die Zeit meines Aufenthaltes hier im Dorf zu dienen. Sollte sie sich geschickt anstellen und als würdig erweisen, so wird ihr die Ehre zuteil, mir bis in alle Ewigkeit dienen zu dürfen. Sie wird mit mir auf mein Schloss kommen und mich fortan überall hin begleiten.«

Der Bauer, seine Frau, seine beiden leiblichen Töchter und seine drei Söhne standen wie versteinert da. Keiner von ihnen wollte, dass Evangelina sie verlässt. Ebenso getraute sich keiner zu protestieren, wohl wissend, dass es zwecklos wäre und den König nur unnötig erzürnen würde.

Evangelina jedoch fügte sich nicht widerstandslos in ihr Schicksal. »Mein Platz ist hier bei meiner Familie. Dies ist meine vertraute Umgebung und mein Zuhause. Ich kann sie nicht einfach verlassen. Sie brauchen mich. Ich muss meine Geschwister unterrichten und mich um die Tiere kümmern.«

»Du weißt, dass du nicht das leibliche Kind dieser Familie bist. Außerdem ist es in deinem Alter ohnehin an der Zeit, sich abzunabeln und eine eigene Familie zu gründen oder aber einem Herrn zu dienen. Im Übrigen ist es sehr ungehörig, deinem König zu widersprechen. Derartiges Verhalten wird ab sofort bestraft. Die Regeln, die du von nun an zu befolgen hast, wirst du in Kürze kennenlernen.«

Evangelina gab jedoch nicht auf: »Das ist die einzige

Familie, die ich habe. Sie waren immer gut zu mir, obwohl ich anders bin als alle anderen hier im Dorf. Ich flehe Euch an, wählt doch bitte ein anderes Mädchen aus, das Eurer würdig ist. Ich werde ganz sicher keine gute Dienerin sein. Es gibt viele Mädchen, die sich dies so sehr wünschen. Ich bin völlig ungeeignet, um einem König zu dienen. Ich kann noch nicht einmal eine vernünftige Mahlzeit zubereiten. Dies hat mich nie interessiert und meine Familie hat nie darauf bestanden, dass ich es lerne. Stattdessen habe ich lieber Bücher und fremde Sprachen studiert und mein Leben den Tieren gewidmet. Von ihnen kann ich so viel lernen und sie können mir so viel geben. Ebenso wie ich ihnen. Ich bin ein Bauernmädchen und gehöre nicht in ein Schloss. Einen König werde ich bestimmt niemals zufrieden stellen können.«

Der König schien ein wenig amüsiert über ihre Widerworte. »Na das geht ja gut los mit dir. Wenn du nicht sofort aufhörst zu lamentieren, erhältst du deine erste Strafe noch hier vor den Augen deiner Familie. Wie ich sehe, wird es allerhöchste Zeit, dass du eine ordentliche Erziehung genießt. Du wirst nicht nur kochen lernen, sondern auch Dinge, die sich noch jenseits deines Vorstellungsvermögens befinden. Mit jedem Tag wirst du es mehr wollen und es wird dich mit Freude und Stolz erfüllen, deinem König dienen zu dürfen und alle seine Anweisungen zu befolgen. Dies ist deine Bestimmung. Du hast lange genug auf dem Bauernhof gelebt. Es wird Zeit herauszufinden, wer du wirklich bist. Du hast mich ab sofort mit ›Eure Hoheit‹ anzusprechen. Stelle niemals meine Entscheidungen in Frage. Und nun pack deine Sachen zusammen. Ein Sack Gepäck muss reichen. Also überlege dir gut, was du mitnehmen möchtest. Wir reiten in 15 Minuten los.«

Evangelina blieb nichts anderes übrig als zu gehorchen. Sie entschied sich für ein paar Kleidungsstücke, einige Bücher sowie wenige persönliche Gegenstände.

Leni, das älteste Mädchen der Familie, half ihr beim Packen und verabschiedete sich mit den Worten: »Das wirst du schon schaffen. Sei nicht traurig. Ich wünschte, ich wäre an deiner Stelle. Aber ich bin tatsächlich nur ein Bauernmädchen. Du bist zu Höherem bestimmt. Wenn du ein vornehmes Leben auf dem Schloss führst, vergiss uns nicht. Vielleicht können wir dich besuchen oder du kannst uns sogar eine Arbeit bei Hofe besorgen.«

Als Evangelina nach draußen kam, hatte sich die ganze Familie trotz der eisigen Kälte dort versammelt. »Stelle dich geschickt an, damit wir stolz auf dich sein können. Du hast ein besseres Leben verdient als das, was wir dir hier bieten können«, sprach ihr Ziehvater und küsste sie zum Abschied auf die Stirn.

»Ich werde niemals vergessen, was ihr für mich getan habt«, sagte Evangelina voller Dankbarkeit und stieg auf das Pferd, das für sie bereit stand. Sie drehte sich noch einmal um und winkte, bevor sie den Hof verließen. Aus dem Augenwinkel sah sie, dass Yeduri, der schwarz-braune Halbwolf, von der Anhöhe hinter dem Gehöft aus das Geschehen beobachtete.

Kapitel 2

In der Herberge wies Aldan ihr die Kammer neben dem Gemach des Königs zu. Die beiden Räume waren durch eine Tür verbunden, sodass man nicht über den Flur gehen musste, um in den jeweils anderen Raum zu gelangen. Die Tür war geschlossen.

»Hier ist bis auf Weiteres dein Platz. Du hast dem König jederzeit zur Verfügung zu stehen. Als Erstes wirst du ein Bad nehmen, deine Haare zurecht machen und die für dich bereit gelegte Kleidung und Schuhe anziehen. Nimm dir so viel Zeit wie du brauchst. Dein Anblick soll ein Genuss für den König sein. Wenn du fertig bist, klopfst du an diese Tür und wartest auf Antwort.«

Evangelina tat wie ihr geheißen. Sie stieg in das warme, nach Lavendel duftende Wasser und massierte sanft mit dem Badeschwamm ihre zarte, porzellanfarbene Haut. Während sich ihr Blick im aufsteigenden Dampf des Badewassers verlor, schweiften ihre Gedanken umher.

»Warum hat der König ausgerechnet mich ausgewählt? Das macht gar keinen Sinn. Ich habe nie gelernt zu dienen. Jedes andere Mädchen kann dies besser als ich. Er wird keine Freude an mir haben. – Vielleicht weiß er aber mehr als ich. Womöglich kennt er sogar meine richtige Familie. Ob es doch meine Bestimmung ist, mein bäuerliches Leben hinter mir zu lassen und in vornehmen Kreisen zu verkehren?«

Sie konnte es selbst nicht verstehen. Er riss sie einfach gegen ihren Willen aus ihrem vertrauten Leben – und doch fühlte sie sich auf sonderbare Weise zu ihm hingezogen. Er erweckte eine tiefe Sehnsucht in ihr, die sie selbst längst verdrängt und vergessen hatte, wieder zum Leben. Ja, sie verspürte tatsächlich den Wunsch, diesen Mann zu erfreuen und ihm zu dienen. Zum ersten Mal in ihrem Leben war sie bereit, sich um einen Mann zu bemühen. Es gab zwar einige Männer aller Altersklassen, auch gut aussehende und gut gestellte, die um ihre Gunst buhlten, jedoch langweilten diese sie nur. Sie hatte sich bereits damit abgefunden, dass es wohl keinem Mann gelingen werde, ihr Herz zu berühren. Doch nun war plötzlich alles anders. Er war anders. Nicht verwunderlich, denn schließlich war er der König. Und doch ist auch ein König am Ende des Tages nur ein Mensch und ein Mann. Sie ließ nochmals ihre erste Begegnung vom Vorabend Revue passieren. Es war sein fokussierter Blick, der sie in die Knie gehen ließ. Jedes Mal, wenn sie seine extrem dunkle Stimme hörte, bekam sie Gänsehaut. Selbst wenn er das Gewand eines Bettlers getragen hätte, so hätte sie sich seiner starken Präsenz nicht entziehen können.

Langsam wurde das Wasser kalt. Evangelina stieg aus der Wanne. Sorgsam bürstete sie ihr halblanges, feines Haar. Normalerweise hatte sie dieses zusammengebunden. Sie entschloss sich jedoch, es künftig offen zu tragen, da dies dem König vermutlich besser gefallen würde. Evangelina schlüpfte in das bereit gelegte bordeauxfarbene Gewand, welches aus zartem Samt war, und zog die dazu passenden Schuhe an. Diese hatten einen hohen Absatz und waren schmal geschnitten. Sie trug solche Schuhe zum ersten Mal. Auf dem Land hatte niemand derartige Schuhe, denn darin konnte man unmöglich seine täglichen Arbeiten verrichten. Sie hatte Mühe, ihr Gleichgewicht zu finden, und ging eine Weile im Zimmer hin und her, bis ihr Gang etwas stabiler wurde. Schließlich klopfte sie mit bis zum Hals pochendem Herzen an die Tür.

»Tritt ein!«, befahl der König, der sie bereits erwartete.

Langsam öffnete Evangelina die Tür.

»Nicht so zaghaft, präsentiere dich deinem König, mein devotes Mädchen!«

Mit unbeholfenen, kleinen Schritten und etwas verunsichert kam sie näher. Es war offensichtlich, dass sie noch nie zuvor solche Schuhe getragen und nicht zu dienen gelernt hatte.

»Es wird nicht lange dauern, bis du dich wie eine Edeldame in diesen Schuhen bewegen wirst. Je eleganter und geschmeidiger deine Bewegungen werden, desto mehr wird mich dein Anblick entzücken. Dieses Kleid betont deine schmale Taille und deine Hüften. Ich wusste, dass es dir perfekt passen würde. Ich habe es selbst für dich ausgewählt ebenso wie die Schuhe, die deine Weiblichkeit noch stärker unterstreichen. Du wirst beides bald voller Stolz tragen und es genießen, mich damit zu erfreuen.«

Evangelina lächelte den König etwas verlegen an. »Ich hoffe, Ihr habt Recht, Eure Hoheit.«

»Natürlich habe ich Recht. Und habe ich dir nicht bereits gesagt, dass du mich niemals anzweifeln sollst? Nun serviere mir das Abendessen und schenke mir einen Becher Wein ein. Zeige mir, dass du eine gute Schülerin bist und dass du lernen möchtest, mir angemessen zu dienen.«

Evangelina gehorchte und schon nach wenigen Minuten wurde sie sicherer in ihrem Tun. Der König, der schon längere Zeit nicht mehr bei einem Weib gelegen hatte, weil er all seine körperliche und geistige Kraft in der Schlacht gebraucht hatte, beobachtete jede ihrer Bewegungen und fand zunehmend Gefallen daran.

»Setz dich zu mir und speise mit mir gemeinsam. Ich werde dir erklären, was ab sofort deine Aufgaben und Pflichten sind, wie du dich zu verhalten hast und was ich von dir erwarte. Da du offensichtlich völlig unerfahren bist, wird es wohl eine lange Nacht werden.«

Sein Blick deutete auf den Stuhl direkt neben ihm und sie folgte unverzüglich seiner Aufforderung.

»Du bist von nun an die devote Schülerin deines Königs. Du hast mir immer Gehorsam zu leisten und alle deine Aufgaben und Pflichten mit Respekt, Hingabe und Demut zu erledigen. Dein oberstes Ziel soll es sein, deinen König zufrieden zu stellen und zu erfreuen. Du wirst mir nicht nur im Alltag dienen, sondern von mir auch in die Welt der Lust und Leidenschaft eingeführt werden. Solltest du dich geschickt anstellen, dich als würdig erweisen und mir ein liebevolles, demütiges, hingabevolles und leidenschaftliches Lustweib sein, so kannst du es dir verdienen, die Königin an meiner Seite zu werden. Ich werde dich lehren, im Bett eine Hure und in der Öffentlichkeit eine Dame zu sein.«

Evangelina wusste nicht wie ihr geschah. »Ich kann es mir verdienen, die Königin an der Seite eines Königs zu werden? Das ist unmöglich. Ein König wählt immer eine Adlige zur Frau.«

Er schüttelte mit strengem Blick den Kopf. »Du bist wirklich völlig unerzogen und vorlaut. Wie kannst du es wagen, mir zu sagen, was möglich ist und was nicht? Wenn du dich nicht sofort mäßigst, bekommst du gleich zehn Hiebe mit dem Nietengürtel und kniest anschließend eine Stunde lang nackt in der Ecke. Wie es scheint, wirst du dir diese Strafe ziemlich oft verdienen wollen. Ich bin der König und ich entscheide, wen ich wähle. Es kann nur eine Frau sein, die mit unendlicher Tiefe mein Herz zu berühren vermag. Dabei ist es völlig egal, wessen Tochter sie ist. Ich erkenne eine solche Frau auf den ersten Blick, denn ich kann sie fühlen ebenso wie sie mich fühlen kann. Als sich unsere Blicke gestern Abend zum ersten Mal trafen, hatte ich nach langen Jahren der Einsamkeit wieder dieses Gefühl, und ich weiß, dass auch ich in dir ein Gefühl ausgelöst habe, das du bisher nicht kanntest. Wir sind uns nicht zufällig begegnet. Es ist deine Bestimmung, mir zu dienen, von mir zu lernen, von mir erzogen und ausgebildet zu werden, auf dass du eines Tages eine würdige Königin an meiner Seite sein wirst. Im Übrigen sieht jeder Blinde, dass du nicht die Tochter eines Bauern bist. Du selbst würdest es auch dann wissen und fühlen, wenn deine Ziehfamilie es dir nicht gesagt hätte. Nun berichte mir, hattest du schon Männer und was haben sie dich gelehrt?«

Evangelina schluckte. »Ich bin nicht ganz unbedarft, denn ich hatte schon ein paar Männer. Gelehrt haben sie mich jedoch nicht viel. Sie haben mich eher gelangweilt, sowohl im Alltag als auch in der Intimität. Meist habe ich schnell das Interesse verloren und mich lieber wieder den Tieren und meinen Studien zugewandt.«

Der König musste lächeln. »Offensichtlich waren die Männer, denen du bisher begegnet bist, selbst noch völlig unerfahren in der Welt der Lust und Leidenschaft. Das gemeine Volk hat ohnehin keinen Sinn und kein Gespür für das Spiel von Dominanz und Unterwerfung. Dieses Spiel in vollendeter Form wird es sein. Ich werde dich dominieren, fesseln und führen – mit Worten, Taten und Gefühlen. Deine Demut und Hingabe sollen voller Zuneigung aus dir erblühen. Du sollst Lustschmerz, Tiefe und unendliche

Leidenschaft erleben dürfen. Solltest du ungehorsam sein, so wirst du bestraft. Diese Strafen sind notwendig zu deiner Erziehung. Sie werden außerdem deine Lust und Leidenschaft weiter fördern, denn du wirst fühlen und wissen, dass ich dich immer wieder annehmen und dir Wärme und Zuneigung schenken werde. Ich werde dich aus der Dunkelheit ins Licht führen, auf dass die zarte Knospe, die du in dir trägst, zu einer wunderschönen Rose erblüht.«

Evangelina war sprachlos. All diese Versprechungen klangen zu schön, um wahr zu sein. Sie zweifelte noch immer. Warum in aller Welt sollte der König gerade ihr all das schenken wollen?

»Es ist mir bewusst, dass das alles neu und verwirrend für dich ist. Die meisten Menschen haben im Alltagstrott verlernt zu fühlen. Wir alle tragen diese Gabe in uns. Wir müssen uns nur selbst erlauben, uns darauf einzulassen. Du fühlst, dass ich dein tiefstes Inneres berühren kann. Es ist dir klar geworden, dass du dein Herz bisher nie wirklich für jemanden geöffnet hast. Du merkst, dass ich Einfluss auf deine Gefühle habe, und fürchtest, die Kontrolle zu verlieren. Genau das wirst du auch. Bisher hast du immer versucht, alles zu kontrollieren, sogar deine eigenen Gefühle. Nun wirst du damit aufhören, deine Gefühle zu kontrollieren, damit sich dein Herz ganz für mich öffnen kann. Diesen Zustand des Kontrollverlustes kennst du nicht und das macht dir Angst. Das gehört dazu und erhält die Spannung. Es ist Teil der Magie zwischen uns. Ich weiß, was ich von dir verlange, und bin mir meiner großen Verantwortung bewusst. Du kannst dir sicher sein, dass ich dich nie liegen lassen werde. Ich werde niemals willkürlich handeln, sondern immer auf dein Herz aufpassen. Mit jedem Tag wird es sich besser und vertrauter für dich anfühlen und bald wirst du nicht mehr in dein altes Leben zurück wollen. Du wirst keine Gefühle mehr unterdrücken wollen. Du wirst es genießen, sie ausleben zu dürfen und in bisher unbekannte Tiefen abzutauchen, ohne dafür verurteilt zu werden. Du wirst anfangs viele Fragen haben und diese auch stellen dürfen. Aber für heute ist es genug. Es ist schon spät. Nun verabschiede dich angemessen in die Nacht.«

Während sie seinen Blick erwiderte, in dem sie am liebsten bis ans Ende aller Tage versunken wäre, versuchte Evangelina die passenden Worte zu finden: »Ich wünsche Eurer Hoheit eine geruhsame Nacht und schöne Träume.«

Sein Blick signalisierte ihr, dass sie sich nun in ihre Kammer zurückzuziehen habe. »Morgen wirst du als Erstes lernen wie du dich künftig zu artikulieren hast. Ich muss dir zuerst einiges beibringen, bevor ich dich mitnehmen kann in die Welt der Lust und Leidenschaft. Ansonsten werde ich keine Freude an dir haben. Du bist noch nicht so weit, aber ich weiß, dass du all das, was ich von dir erwarte, in dir trägst, und werde es von nun an schrittweise fördern und ans Licht bringen. Schlaf gut, mein kleines devotes Mädchen!«

In ihrer Kammer setzte sich Evangelina auf den Stuhl und schaute eine Zeit lang in den Spiegel. Wer war die Frau, die sie dort sah? Sie kam ihr irgendwie bekannt vor und sie gefiel ihr. Aber konnte das tatsächlich sie selbst sein? Alles war so unwirklich. Gestern noch war sie die Tochter eines Bauern und von heute an sollte sie Dienerin und Lustweib eines Königs sein? Dennoch gefiel ihr der Gedanke, denn sie fühlte sich stark zu diesem Mann hingezogen, wenngleich er ihr auch ein wenig Angst machte. Langsam zog sie ihre Schuhe und ihr Gewand aus und schlüpfte in das seidene Nachthemd, welches auf ihrem Bett lag. Abermals betrachtete sie sich im Spiegel. Sie strich über den feinen Stoff und die Vorstellung, es sei die Hand des Königs, die sie berührt, ließ ihre Nippel hart werden. Am liebsten hätte sie noch einmal an der Tür zu seinem Gemach geklopft. Stattdessen legte sie sich ins Bett und versuchte, die vielen Gedanken, die ihr durch den Kopf schossen, zu ordnen. Erst tief in der Nacht fand sie endlich Schlaf.

KAPITEL 3

Als Evangelina am nächsten Morgen erwachte, hörte sie Stimmen im Gemach nebenan. Der König war offensichtlich schon in wichtigen Gesprächen. Sie zog sich an und machte sich zurecht. Da sie nicht wusste, was sie tun sollte, wartete sie einfach ab, bis die Stimmen verstummten und nur noch der König da war. Zaghaft klopfte sie an.

»Komm rein«, ertönte seine sonore Stimme. »Nun decke den Tisch und frühstücke mit mir. Dies ist ab sofort deine erste morgendliche Pflicht. Hast du verstanden, mein kleines devotes Mädchen?«

»Ja, Eure Hoheit. Warum nennt Ihr mich so?« Jeden anderen Mann hätte sie für diesen Ausdruck zurechtgewiesen. Wenn er es sagte, fühlte es sich aber irgendwie richtig an und insgeheim gefiel es ihr sogar.

Seine Augen blitzten verschmitzt auf. »Weil du genau das bist – mein kleines devotes Mädchen. Ich habe es dir bereits gestern erklärt und ich wiederhole mich nicht gerne. Königinnen werden nicht einfach geboren. Es sind kleine devote Mädchen wie du, die sich mit ihrer Hingabe, Demut und Leidenschaft den Platz an der Seite eines Königs verdienen können. Nur die wenigsten devoten Schülerinnen schaffen es tatsächlich, als Weib eines Königs angenommen zu werden.« Er stellte sich vor sie, packte sie mit festem Griff im Nacken und schaute ihr mit strengem Blick tief in die Augen. »Ich frage mich, warum gerade du mir geschickt wurdest. Da du bisher keinerlei Ausbildung und Erziehung genossen hast, hast du einiges aufzuholen. Ich habe nicht unbegrenzt Zeit. Daher solltest du dich ganz besonders anstrengen und schnell lernen, damit du mir bald große Freude und Genuss bereiten wirst. Gleich nach dem Frühstück beginnen wir mit den Grundregeln deiner angemessenen Sprache.«

Nein, einen derartigen Umgang mit ihr war sie nicht gewohnt. Sein fokussierter Blick, gepaart mit seiner ungewöhnlich dunklen Stimme und seinem durchtrainierten Körper verliehen ihm eine Furcht einflößende animalische Ausstrahlung. Doch war es eher ein wohliger Schauer, der ihren gesamten Körper durchzog und den sie sehr genoss. Er ließ sie los und setzte sich. Sie servierte ihm, wie befohlen, das Frühstück und setzte sich ebenfalls an den Tisch. Vor lauter Aufregung brachte sie jedoch kaum einen Bissen herunter. Dieser Mann brachte sie völlig durcheinander. In seiner Anwesenheit konnte sie kaum einen klaren Gedanken fassen. Sie würde sich gewaltig zusammenreißen müssen, um nicht hoffnungslos zu versagen.

»Nun höre gut zu, mein devotes Mädchen. Die Sprache ist das mächtigste Mittel, um eine untrennbare Verbindung zwischen einem Herrn und seinem Weib zu erschaffen. Mit wohl gewählten Worten wirst du von nun an deinen König erfreuen, deiner Demut und Hingabe Ausdruck verleihen und mein Herz mit Liebe füllen. Du wirst deine Zuneigung, dein Begehren und deine Lust nicht zurückhalten, sondern diese offen zur Schau stellen. Du wirst dich in ansprechender Weise präsentieren und darum werben und bitten, mein Lustweib und irgendwann auch meine Königin sein zu dürfen. Du hast alle meine Befehle zu befolgen und alle meine Fragen gewissenhaft zu beantworten. Es ist dir untersagt, Worte wie ›nein‹ und ›ja, aber‹ zu benutzen. Dies gilt als Verweigerung und wird bestraft. Wenn du etwas nicht tun möchtest oder kannst, so hast du die Möglichkeit, um Gnade zu flehen. Hast du einen Wunsch an deinen König, so bitte demütig darum. Ob und wann dein jeweiliger Wunsch erfüllt wird, obliegt allein mir. Fang niemals an zu fordern. Solches Verhalten wird hart geahndet. Bedanke dich liebevoll, wenn dir ein Wunsch erfüllt wird, und auch dafür, dass ich mich deiner annehme, dich ausbilde und du mir dienen darfst. Die Sprache und alle Rituale, die du lernen wirst, sind von großer Bedeutung für das Band zwischen uns. Nimm alles ernst und werde niemals nachlässig. Sei immer aufmerksam und respektvoll. Mit zunehmender Übung wirst du bald ein Gefühl dafür entwickeln, wann welches Verhalten und welche Worte angemessen sind. Da ich weiß, dass sich kleine devote Mädchen diese Regeln nicht alle auf einmal merken können, habe ich sie niedergeschrieben. Nun knie vor mir und bitte demütig darum, dass ich dich annehme und dir die Anweisungen für devote Schülerinnen aushändige.«

Evangelina tat wie ihr befohlen und sprach die ersten Worte ihres Lebens nach vorgegebenen Regeln: »Ich bitte Eure Hoheit demütig, mich anzunehmen und mir die Anweisungen für devote Schülerinnen auszuhändigen. Ich gelobe, mich nach Kräften zu bemühen, schnell zu lernen und Euch so gut zu dienen wie es mein jeweiliger Ausbildungsstand erlauben wird.«

Der König schien zufrieden: »So ist es brav. So machst du deiner Hoheit Freude. Du bist angenommen als meine Schülerin. Ich werde dich von nun an begleiten und dich Schritt für Schritt lehren, bis du vollkommen bist und all deine Leidenschaften, die du in dir trägst, kennst. Du wirst zu einer begehrenswerten Frau heranreifen, die eines Königs würdig ist. Nun ziehe dich zurück, studiere deine Regeln sowie deine ersten Aufgaben.«

Zurück in ihrer Kammer begann Evangelina eifrig zu lesen: »Alles, was du lernen wirst, meine devote Schülerin, dient zur Förderung deiner Weiblichkeit sowie deiner Lust und Leidenschaft. Was du bisher kennengelernt hast, ist nur die Spitze des Eisberges. Unter der Oberfläche wirst du nach und nach in ungeahnte Tiefen abtauchen und dich zunehmend selbst erkennen. Du wirst lernen, dich selbst anzunehmen, so wie du wirklich bist, damit auch ich dich vollends annehmen kann. Du wirst dein Herz für mich öffnen und mir bereitwillig Einblick bis in den entlegensten Winkel deiner Seele gewähren. Du wirst es nicht nur geschehen lassen. Du wirst es mehr und mehr wollen, denn in meiner Welt, die von nun an auch deine sein wird, gibt es keinen Platz für Scham und unterdrückte Gefühle. Es ist ab sofort deine oberste Pflicht, mir alle deine Gefühle – egal ob positiv oder negativ – umfassend und unverzüglich zu beichten. Nachfolgend sind deine ersten täglichen Aufgaben erläutert. Erledige sie stets gewissenhaft. Übe deine stilvolle Ausdrucksweise als devotes Lustweib. Deine Stimme soll dabei sanft und begehrlich klingen. Fühle die Worte, die du in Gedanken oder laut vor dem Spiegel sprichst, und stelle dir vor, du würdest sie zu mir sprechen. Knie oder stehe vor dem Spiegel, nackt oder in reizvollen Dessous, präsentiere dich und biete dich deinem König lasziv sowie mit Hingabe und Demut an. Wenn du Sehnsucht, Verliebtheit, Lust oder Erregung verspürst, hast du dies schnellstmöglich zu berichten, schriftlich oder persönlich. Wenn deine Begierde nach deinem König so groß ist, dass du dich befriedigen möchtest, so hast du immer um Erlaubnis zur Erlösung zu bitten. Solltest du keine Antwort oder keine Erlaubnis bekommen, so ist es dir verboten, dich selbst zu befriedigen. Tust du es dennoch, so wirst du dies beichten und dafür hart bestraft werden. Bedenke jedoch, die hohe Kunst in diesem Spiel um Lust und Leidenschaft ist nicht die Härte, sondern die Sanftheit. Stelle dir vor wie mein bloßer

Atem auf deiner Haut, der Klang meiner Stimme oder ein sanfter Kuss dich zum Orgasmus bringen. Eines Tages wirst du so weit sein, dass deine Vorstellung und die Realität eins werden.«

Evangelina schüttelte ungläubig mit dem Kopf. Sie hatte es nie gelernt, sich einem Mann anzubieten. Wozu auch? Viele Männer buhlten um ihre Gunst und umwarben sie mit schmeichelnden Worten und Einladungen. Laszives Anbieten war im Freudenhaus üblich, aber schickte sich ihrer Meinung nach nicht für ein Bauernmädchen, geschweige denn für eine Edeldame. Dennoch studierte sie die Anweisungen für das Sich Anbieten und das Sich Präsentieren sehr genau. Sie übte, wie gefordert, vor dem Spiegel und fand zu ihrer eigenen Überraschung zunehmend Gefallen daran. Dabei überdachte sie auch ihre Moralvorstellungen. Warum in aller Welt sollte es nur den Dirnen vorbehalten sein, sich den Herren anzubieten und diese damit zu erfreuen? Offensichtlich war es das, was sich Männer von ihren Frauen wünschten und was sie doch zumeist nur im Freudenhaus bekamen. Sie wollte dem König jeden Wunsch erfüllen. Ein Freudenhaus war doch wahrlich unter der Würde eines Königs. Beflügelt von diesen Gedanken übte sie weiter und wurde immer mutiger und kreativer bei ihren Posen. Sie merkte gar nicht wie die Stunden vergingen. Es war bereits dunkel geworden. Wenige Wochen vor Weihnachten waren die Tage sehr kurz.

Ein lautes Heulen riss sie aus ihren Gedanken. Sie

wusste, dass es nur Yeduri sein konnte, und schaute zum Fenster hinaus. Dort saß er im Licht des Vollmondes. Seit sie ihn vor ein paar Jahren aus einem dunklen Käfig im Wald befreit hatte, gab es keinen Tag, an dem sie ihn nicht sah. Sie dachte zunächst, er sei ein gewöhnlicher Hund. Er verhielt sich jedoch anders. Weder befolgte er Kommandos – auch wenn er sie offensichtlich verstand – noch ließ er sich auf andere Weise erziehen. Dennoch suchte er immer wieder ihre Nähe. So beschloss Evangelina, ihn einfach so anzunehmen wie er war und sich an seiner Gesellschaft zu erfreuen. Er kam und ging wie er wollte. Er war frei und entschied selbst, wann er sich wo aufhielt. Manchmal verbrachte er den ganzen Tag bei ihr, ein anderes Mal ließ er sich nur wenige Minuten blicken.

Vor ein paar Monaten waren Spielleute und Gaukler ins Dorf gekommen. Einer von ihnen hatte Evangelina gefragt, wo sie den Halbwolf herhabe.

»Er ist ein Hund, den ich zufällig im Wald in einem Käfig gefunden habe«, erwiderte sie damals.

»Du dummes Ding«, sprach der Gaukler. »Er ist kein Hund, auch wenn er so aussieht. Er ist ein Halbwolf. Ich sehe es in seinen Augen. Manche von ihnen sehen aus wie Hunde, andere wie Wölfe. Das ist Tarnung und dient ihrem Schutz. Für gewöhnlich bleiben Halbwölfe unter sich, weil sie sehr misstrauisch sind. Kein Wunder. Einige von ihnen leben in Gefangenschaft. Die Anhänger der Dunklen Magie wissen um die besonderen Fähigkeiten der Halbwölfe und versuchen, sie zu ihren Zwecken zu nutzen. Daher sei vorsichtig. Für deine und seine Sicherheit ist es besser, wenn alle denken, er sei ein Hund.«

Nun saß Yeduri draußen vor der Herberge und ließ sich weder vom Wirt noch von den Wachen des Königs vertreiben.

Evangelina rannte die Treppe hinunter durch das Wirtshaus hinaus in den Innenhof. »Lasst ihn in Frieden, er gehört zu mir«, sagte sie zu den Wachen.

Die Unruhe rief Aldan auf den Plan: »Was ist hier los? Und was tust du hier in der Kälte ohne Schuhe und Mantel? Du wirst dir noch den Tod holen. Wenn der König das erfährt, wird er erzürnt sein.«

»Es ist Yeduri, mein Hund. Er wird nicht freiwillig gehen. Ihr dürft ihn nicht vertreiben. Ich muss ihn mitnehmen.«

»Dann versuche das mal, dem König zu erklären. Ich kann mir nicht vorstellen, dass er das erlauben wird«, sprach Aldan und geleitete sie unverzüglich dorthin.

»Was gibt es, mein devotes Mädchen? Künftig wirst du um Audienz bitten und nicht einfach so hereinplatzen. Hast du fleißig geübt?«

»Ja, meine verehrte Hoheit, das habe ich, bis ich plötzlich ein Heulen hörte. Mein Hund Yeduri ist vor der Herberge aufgetaucht. Er möchte bei mir sein. Ich habe ihn vor ein paar Jahren gerettet und ihm versprochen, immer für ihn da zu sein. Ich flehe Euch an, bitte erteilt Eure Erlaubnis, dass er bleiben darf. Er wird auch ganz sicher keine Umstände machen und Euch nicht belästigen.«

Der Blick des Königs war weich. »Nun gut, wenn du es versprochen hast, dann sei dir deine Bitte gewährt. Zuverlässigkeit ist eine Tugend, die ich sehr schätze. Sorge dafür, dass er die Abläufe hier nicht stört. In einer Stunde wirst du das Abendessen servieren. Ich will überprüfen, welche Fortschritte du bereits gemacht hast.«

Sie erwiderte seinen Blick. »Ich danke Eurer Hoheit aus tiefstem Herzen für Eure Güte und werde Euch mit Vergnügen zeigen, was ich bereits gelernt habe.«

Sie ging zurück in ihre Kammer und Yeduri trottete zufrieden hinterher. Aldan schaute ihnen nach und schüttelte ungläubig den Kopf.

KAPITEL 4

Eine Stunde später betrat sie, hübsch zurecht gemacht, das Gemach des Königs, um den Tisch zu decken. Yeduri rollte sich vor dem brennenden Kamin zusammen.

»Wie es scheint, hast du deinen Hund gut erzogen. Dann wollen wir mal hoffen, dass du dich ebenso gut erziehen lässt.«

»Nein, ich habe ihn nicht erzogen. Ich habe es versucht, aber er lässt sich nicht erziehen. Dennoch kann er sich manchmal auch benehmen.«

»Wie auch immer, du wirst jedenfalls lernen, dich immer zu benehmen. Ich werde dich zu einer perfekten Dienerin und zu meinem Lustweib erziehen. Du wirst solange meine Anweisungen befolgen, bis du schließlich gelernt haben wirst, alle meine Wünsche zu fühlen und mit Freuden zu erfüllen. Wenn du dieses Stadium erreicht haben wirst, wirst du keine Anweisungen mehr brauchen. Nun zeige mir, was du bereits gelernt hast. Präsentiere und bewege dich anregend. Schmeichle mir mit deiner Stimme und bereite mir Lust.«

Während Evangelina das Abendessen servierte, beobachtete er jede ihrer Bewegungen. Sie fühlte stetig seinen Blick, auch wenn sie gerade mit dem Rücken zu ihm stand. Am liebsten hätte sie den Raum wieder verlassen. Sie wusste, dass sie längst nicht so weit war, ihn zufrieden stellen zu können. Dazu bräuchte sie eine jahrelange Ausbildung.

»Oh je, das ist ja noch viel schlimmer als ich befürchtet habe. Du wirst sehr hart an dir arbeiten müssen. Was hast du nur all die Jahre getan? Du bist doch kein kleines Kind mehr. Anscheinend hast du nur geschlafen.«

»Es tut mir sehr leid, Eure Hoheit, dass ich Euch nicht erfreuen kann«, sagte sie mit gesenktem Blick.

»Dein Anblick ist durchaus vergnüglich, allerdings nicht lustvoll für mich. Damit du künftig motivierter bist und schnellere Fortschritte machst, wirst du nun deine erste Strafe erhalten. Gehe in deine Kammer, ziehe dich aus, die Schuhe lässt du an. Knie dich nackt hin mit dem Rücken zur Tür und warte. Wage nicht, dich umzudrehen.«

Sie zögerte ungläubig.

»Wenn du nicht sofort gehorchst, wird sich deine Strafe erhöhen.«

Aus seinem scharfen Ton schloss sie, dass er es ernst meinte, und gehorchte unverzüglich. Sie kniete eine Viertelstunde nackt in ihrer Kammer und ihre Knie schmerzten bereits von dem harten Holzboden, als sich hinter ihr die Tür öffnete. Der König trat ein und sperrte die Tür hinter sich zu. Langsam näherte er sich ihr, bis er schließlich direkt hinter ihr stand. Mit einem länglichen Gegenstand strich er sanft über ihren Rücken und ihren Po.

»Beug dich nach vorne und präsentiere mir dein Hinterteil.«

Wieder strich er mit dem Gegenstand über ihren Rücken und ihren Po.

»Du wirst fünf Hiebe zur Strafe erhalten. Nach jedem Schlag wirst du sagen ›Ich gelobe, mich künftig mehr anzustrengen, um Eurer Hoheit Freude und Lust zu bereiten.‹ Anschließend bedanke dich dafür, dass deine Strafe heute noch milde ausfällt.«

Abermals strich er sie mit dem Gegenstand ab. Während sie unter dem ersten Schlag zusammenzuckte, sprang Yeduri knurrend gegen die Tür.

»Ich gelobe, mich künftig mehr anzustrengen, um Eurer Hoheit Freude und Lust zu bereiten«, sprach sie mit zitternder Stimme.

»Beim nächsten Mal lauter. Ich will dich deutlich hören. Sag deinem Hund, er soll sich ruhig verhalten. Ansonsten werde ich ihn hier nicht mehr dulden.«

»Es ist gut, Yeduri. Mir geschieht nichts. Der König führt nichts Böses im Schilde. Du musst dir keine Sorgen machen.«

Zu Evangelinas Verwunderung und Erleichterung war von Yeduri, der normalerweise seine Entscheidungen selbst traf, von nun an nichts mehr zu hören.

Der König fuhr fort und setzte jeden Schlag etwas intensiver als den vorhergehenden. Nach jedem Schlag sprach sie etwas lauter die verlangten Worte. Nach dem letzten Hieb stand er noch eine Weile hinter ihr.

»Nun bedanke dich, wie ich es dir befohlen habe. Ab sofort hast du dich für alle Strafen demütig zu bedanken, ohne dass ich es ausdrücklich erwähnen muss.«

Dann trat er vor sie und hob mit seiner linken Hand ihr Kinn an, sodass sie ihm direkt in die Augen sehen musste.

»Ich danke Eurer Hoheit dafür, dass meine Strafe heute noch milde ausgefallen ist.«

In der rechten Hand hielt er eine Gerte, mit der er nun mehrfach ihre Brüste abstrich, bevor sie zwischen ihre Beine wanderte, wo sie eine Weile verharrte.

»Ja, heute ist deine Strafe noch milde ausgefallen. Du selbst hast es in der Hand, ob und wie hart du bestraft wirst. Je mehr du dich bemühen wirst, desto höher wird die Anerkennung sein, die dir zuteil wird. Es wird dir nichts geschenkt. Du musst dir alles verdienen. Du allein bestimmst durch das Maß deiner Bemühungen wie viel Zuneigung ich dir geben werde.«

Jetzt erst merkte sie selbst wie feucht sie war.

»Ich wusste, dass dich das erregen würde, du kleine Schlampe. So gefällst du mir schon viel besser. Strenge dich in den kommenden Tagen mehr an. Du wirst bald deine erste richtige Prüfung haben, bei der ich darüber entscheiden werde, ob du als Lustweib des Königs angenommen wirst. Und nun geh zu Bett. Für heute hast du deine Lektion gelernt.«

Sie zog die Schuhe aus und kroch unter die wärmende Bettdecke. Er setzte sich neben sie, streichelte sanft über ihre Wangen und gab ihr einen Kuss auf die Stirn.

»Gute Nacht, mein devotes Mädchen. Fühle dich geführt und berührt. Du wirst mich finden in deinen Träumen.«

Der König blieb auf ihrem Bett sitzen, bis sie eingeschlafen war. Am liebsten hätte er die Nacht mit ihr verbracht. Doch damit hätte er gegen seine eigenen Regeln verstoßen. Zuerst musste sie sich als würdig erweisen und von ihm als Lustweib und Weib angenommen werden. Als er ihre Kammer verließ, stand Yeduri vor ihm und blickte ihm direkt in die Augen.

»Ich werde ihr nichts tun, außer ihr die dringend nötige Erziehung angedeihen lassen. Das wird ihr gut tun, auch wenn sie es jetzt vielleicht noch nicht verstehen kann. Es ist fortan meine Aufgabe, auf sie aufzupassen. Da ich als König viele weitere Pflichten habe, kann ich jedoch nicht immer anwesend sein. Darum verlasse ich mich auf dich in den Zeiten meiner Abwesenheit.«

Als ob er die Worte des Königs verstanden hätte, senkte Yeduri sanft den Blick und huschte an Maximilian vorbei in Evangelinas Kammer, wo er sich zur Nachtwache vor ihrem Bett positionierte.

Im Schlaf sprach eine vertraute, warme Stimme zu Evangelina: »All die Jahre hast du eine tiefe Sehnsucht in dir verspürt. Du wusstest nicht, was es war, was dir gefehlt hat. Nun beginnt deine Reise zur Erkenntnis. Du wirst erfahren wie du wirklich bist. Dieser König ist ein ganz besonderer Herrscher, der dich für deine Dienste reich entlohnen wird. Er wird dich nicht mit Gold oder sonstigen Wertgegenständen bezahlen. Stattdessen wird er all das fördern, was tief in dir verborgen ist. Du wirst es nicht mehr länger zurückhalten können und wollen, denn es gehört zu dir. Nichts im Leben ist Zufall. Er wurde dir aus gutem Grund geschickt. Sei aufmerksam, lerne fleißig, erfreue ihn und bereite ihm Lust. Er wird deine aufrichtigen Bemühungen schätzen und anerkennen. Er wird dir Zuneigung und Liebe geben, denn du wirst dir all das verdienen und seiner würdig sein. Behüten und beschützen wird er dich und, wenn es sein müsste, sein eigenes Leben für dich geben.«

In den folgenden Tagen übte Evangelina wie besessen. Sie wollte keine erneute Strafe erhalten. Vor allem wollte sie auf jeden Fall ihre erste Prüfung bestehen und als Lustweib des Königs angenommen werden. Er war der einzige Mann bis dato, der sie wirklich interessierte. Nie zuvor hatte sie eine solche Lust und Erregung verspürt wie in dem Moment, als er sie für ihre noch vorhandenen Unzulänglichkeiten bestrafte. Dabei hatte er sie noch nicht einmal wirklich angefasst. Wie sehr würde sich ihre Lust erst steigern, wenn er sie leidenschaftlich küssen, berühren und nehmen würde? Der König überprüfte täglich ihre Fortschritte und korrigierte ihre

Wortwahl, wenn diese nicht angemessen war, sowie den Ausdruck ihrer Stimme, wenn diese nicht weich, sondern fordernd klang. Fordern stand ihr nicht zu. Dies war ein Privileg des Königs. Das war alles sehr anstrengend für sie. Doch mit jeder Übung wurde sie sicherer und fand sich zunehmend besser in dieser neuen Welt zurecht. Sie fühlte die Worte, die sie in Gedanken oder auch laut vor dem Spiegel sprach, immer stärker. Zunächst waren sie in ihrem Kopf. Wenn sie die Augen schloss, wanderte das Gefühl durch ihren gesamten Körper. Es verharrte eine Weile in ihrem Lustzentrum, sodass sie täglich, zuweilen auch mehrfach, um die Erlaubnis zur Erlösung flehte. Wenn Evangelina die Erlaubnis erhielt, sich selbst zu befriedigen, stellte sie sich währenddessen die unterschiedlichsten Szenarien vor wie der König sie bestrafen und hart nehmen würde, um seine Lust an ihr zu befriedigen. Erhielt sie keine Erlaubnis, so steigerte dies ihre Erregung umso mehr. Nach einer Weile sammelten sich ihre Gefühle, die ihren Körper durchzogen, und wanderten direkt in ihr Herz, das jeden Tag mehr Liebe für den König empfand. Von ihrem Herzen floss das Gefühl wieder in ihren Kopf, wo es nochmals verstärkt wurde. Und so schloss sich der Kreislauf. Jeden Tag aufs Neue wanderten immer stärkere Gefühle von ihrem Kopf durch ihren gesamten Körper über ihr Lustzentrum in ihr Herz und wieder zurück in ihren Kopf. Noch vor wenigen Tagen hätte sie so etwas für ausgeschlossen gehalten. Und nun war sie süchtig nach den Gefühlen, die dieser Mann in ihr auszulösen vermochte. Sie wollte nie wieder ohne ihn sein. Mit ein paar Anweisungen hatte er es geschafft, dass sie sich so begehrenswert wie nie zuvor fühlte. Es machte ihr Spaß, vor dem Spiegel anbietende Posen einzunehmen, und sie erfreute sich an ihrem eigenen Anblick. Früher fand sie sich nicht besonders attraktiv. Jetzt konnte sie das gar nicht mehr verstehen. Je intensiver sie ihn in ihren Gedanken trug, umso überzeugter war sie, dass er Recht haben könnte. Eines Tages würde es möglich sein, dass allein ihre Gedanken und die Vorstellung wie er sie küsst, sie berührt oder zu ihr spricht, ihr einen Höhepunkt bescheren könnten.

Eines Abends, als Tauwetter einsetzte, rief der König Evangelina zu sich.

»Ich muss übermorgen weiter reiten. Zu viele Tage schon war ich hier aufgehalten. Zuhause warten dringende Aufgaben auf mich. Außerdem ist es um den Gesundheitszustand der Königinmutter nicht zum Besten bestellt. Ich muss dafür sorgen, dass sie die optimale ärztliche Behandlung bekommt. Solange ich kein würdiges Weib gefunden habe, ist sie neben Aldan meine engste Vertraute und Beraterin. Bevor ich abreisen werde, muss ich jedoch wissen, ob du als Lustweib taugst und über genügend Potenzial verfügst, um bald auch mein Weib und meine Königin sein zu können. Daher werde ich dich morgen Abend umfassend prüfen. Bis dahin wirst du Zeit haben, dich vorzubereiten. Gehe heute Abend früh zu Bett. Morgen Vormittag wirst du auf dem Markt alles für ein genussvolles Abendessen besorgen. Kaufe den besten Wein, den du kriegen kannst, des Weiteren Säfte, Schinken, Eier, Milch sowie eine Auswahl an erlesenem Obst und das, wonach es dich gelüstet. In dem kleinen Koffer befinden sich lustvolle Utensilien. Diese wirst du morgen Nachmittag stilvoll auf meinem Bett ausbreiten. Den großen Koffer wirst du nicht anrühren. Anschließend deckst du den Tisch und bereitest das Abendessen vor. Danach ziehst du dich in deine Kammer zurück, nimmst ein ausgiebiges Bad und ziehst die bereit gelegte Kleidung und Schuhe an. Mach deine Haare zurecht, parfümiere dich und schminke dein Gesicht ansprechend. Um 18 Uhr hast du in meinem Gemach zu erscheinen. Vergiss nicht, vorher anzuklopfen. Hast du irgendwelche Fragen?«

Evangelinas blasses Gesicht errötete ein wenig. »Weder kenne ich mich mit Wein aus noch mit lustvollen Utensilien, geschweige denn habe ich jemals mein Gesicht geschminkt. Ich weiß nicht wie das geht und besitze auch keine Schminke.«

Er rollte mit den Augen. »Die Auswahl an Wein wird in diesem verlassenen Nest bescheiden sein. Kaufe einfach den teuersten. Die lustvollen Utensilien musst du nicht kennen. Ich werde entscheiden, welche für dich geeignet sind. Es wird höchste Zeit, dass du lernst, dich zu schminken. Das gehört sich so für ein Lustweib und Weib eines Königs. Sieh zu, dass du zumindest deine Lippen und deine Augen betonst und dein Gesicht ein wenig puderst. Deine Lippenfarbe sollte dunkelrot sein. Das passt zu dir. Nun geh schlafen. Morgen ist ein großer Tag für dich.«

»Ich hoffe, ich werde Euch nicht enttäuschen, meine geschätzte Hoheit.«

»Das wirst du nicht, mein devotes Mädchen und künftiges Lustweib.«

Kapitel 5

Evangelina ging unverzüglich zu Bett, um für den wichtigsten Tag ihres Lebens ausgeruht zu sein. Viel Schlaf fand sie jedoch nicht. Sie grübelte fast die ganze Nacht darüber wie es ihr gelingen könnte, alle Wünsche des Königs zu erfüllen. Sie musste ihn davon überzeugen, dass sie ihm ein gutes Lustweib sein könnte und außerdem in der Lage wäre, ihn bei allen seinen königlichen Pflichten zu unterstützen. Die größte Sorge bereitete ihr das Schminken. Daher vertraute sie sich am nächsten Morgen Maria, der Frau des Wirtes, an, die einmal die Leiterin eines städtischen Freudenhauses gewesen sein soll. Sie musste wissen wie eine Frau sich schminkt.

»Mach dir keine Sorgen, Schätzchen«, meinte Maria aufmunternd. »Geh und besorge deine Sachen auf dem Markt. Ich besitze ein großes Sortiment an Schminke und selbstverständlich auch dunkelrote Lippenfarbe. Um 17 Uhr komme ich zu dir in deine Kammer. Ich werde dein ohnehin hübsches Gesicht ein wenig verzieren und alle deine Vorzüge betonen. Ehrlich gesagt, bin ich ein bisschen neidisch. Ein Mann, der so klare Vorstellungen hat und der sich zudem mit lustvollen Utensilien auskennt, ist mir bisher noch nicht begegnet – und ich habe wahrlich schon viele Männer getroffen, allerdings keinen König. Ich bin sicher, du wirst eine berauschende Nacht erleben.«

Evangelina war zumindest ein wenig erleichtert und machte sich auf den Weg zum Markt. Sie bekam alles, was ihr aufgetragen worden war, und kaufte noch ein paar erlesene Süßigkeiten. Ihre Einkäufe brachte sie in das Gemach des Königs. Dieser war nicht zugegen. So beschloss sie, zuerst den Tisch zu decken und das Abendessen vorzubereiten. Als sie damit fertig war, öffnete sie den kleinen Koffer, der neben dem Bett des Königs stand. Als oberstes war darin ein weinrotes Seidentuch. Dieses legte sie am Fußende auf dem Bett aus. Anschließend begutachtete sie jeden einzelnen Gegenstand und sortierte diese, so wie es ihr logisch erschien. Was hatte der König vor mit ihr? Wozu brauchte er all diese Dinge? Sie fand Seile, Stricke und Ketten in unterschiedlicher Länge und Dicke sowie Handschellen. Des Weiteren verschiedene Knebel, Masken, Augenbinden, Metallklammern, ein Halsband aus weichem schwarzem Leder und diverse sonstige Gegenstände, die sie nicht einzuordnen vermochte. Ein flaues Gefühl beschlich sie. Sie war nicht unerfahren mit Männern, aber so etwas hatte sie bisher noch nicht gesehen. Was wohl in dem großen Koffer drin sein mochte? Was könnte der Grund sein, warum sie diesen nicht anrühren sollte? Sie musste sich zusammenreißen, um nicht in Panik zu verfallen.

Evangelina ging in ihre Kammer und bereitete nun

ihr Bad vor. Viel Zeit blieb ihr nicht mehr, um sich zurecht zu machen. Hoffentlich war auf Maria Verlass. Sie stieg in die Wanne und versuchte ruhig zu atmen, während sie den süßlichen Duft des Badezusatzes inhalierte. Sie wusch sorgfältig jeden Zentimeter ihres Körpers und gab sich ihren Fantasien hin. Am liebsten wäre sie ewig so im warmen Wasser sitzen geblieben. Ein Klopfen an ihrer Kammertür holte Evangelina in die Realität zurück. Maria kam früher als vereinbart.

»Ich dachte mir, ich komme nicht nur, um dich zu schminken, sondern mache auch deine Haare zurecht und helfe dir beim Ankleiden.«

Evangelina stieg aus der Wanne und sah Maria dankbar an. »Es liegen eine Bluse, ein Rock und halterlose Strümpfe für mich bereit sowie ein paar Schuhe mit Absatz. Ich kann jedoch keine Unterwäsche finden. Das ist sonderbar.«

Maria schmunzelte. »Das ist nicht sonderbar, sondern ganz einfach zu erklären. Unsere Hoheit scheint nicht zu wünschen, dass du Unterwäsche trägst. Nun zieh dich an. Es wird Zeit. Du möchtest sicher nicht wegen Unpünktlichkeit bestraft werden.«

Evangelina zog zuerst die schwarzen halterlosen Strümpfe an, dann den schwarzen Rock und die weiße Bluse.

»Unsere Hoheit hat wirklich ein gutes Augenmaß. Deine Kleidung sitzt wie maßgeschneidert. Nun setz dich hier vor den Spiegel. Ich werde deine feinen Gesichtszüge perfekt in Szene setzen.«

Maria trug zunächst die Grundierung auf. Danach betonte sie Evangelinas große, braune Augen. Keine der zur Auswahl stehenden Lippenfarben war wirklich dunkelrot. Das schien Maria nicht zu stören.

»Vertrau mir. Ich weiß was gut aussieht. Diese hier ist kussecht und hält 24 Stunden. Es wäre zu dumm, wenn sich deine Lippenfarbe schon nach einer Stunde verabschieden würde.«

Evangelina ließ ihr freie Hand. Sie hatte gar keine andere Wahl. Zu guter Letzt widmete sich Maria ausgiebig ihrem Haar.

»So, mehr kann ich nicht für dich tun. Ich hoffe, es wird reichen, um deine Hoheit zufrieden zu stellen.«

Evangelina betrachtete ihr Spiegelbild. Sie fand die Frau im Spiegel durchaus attraktiv, aber auch sehr fremd. Es war kurz vor 18 Uhr und somit an der Zeit, die Schuhe anzuziehen, noch einmal tief durchzuatmen und um Einlass zu bitten. Maria verabschiedete sich.

»Ich wünsche dir viel Glück und eine unvergessliche Nacht.«

»Hab vielen Dank, Maria. Wenn ich dir irgendwann einmal helfen kann, lass es mich wissen.«

Die Kirchturmuhr schlug sechs Mal. Nebenan war kein Geräusch zu hören. Evangelina klopfte und hielt den Atem an.

»Tritt ein, mein devotes Mädchen. Die Stunde der Wahrheit ist gekommen.« Der König saß am Tisch. »Wie hast du deine Hoheit zu begrüßen? Was hast du gelernt?«

Sie zögerte und senkte den Blick. »Ich habe es täglich in Gedanken geübt und doch kann ich mich gerade jetzt an nichts mehr erinnern.«

Er ging zum Bett, nahm eines der roten Samtkissen, setzte sich wieder an den Tisch und ließ das Kissen vor seine Füße fallen.

Allmählich dämmerte es ihr wieder. Sie ging langsam auf ihn zu und kniete sich auf das Kissen.

»Worauf wartest du? Stelle nicht weiter meine Geduld auf die Probe.« Er legte seine rechte Hand in ihren Nacken, packte sie an den Haaren und drückte ihren Kopf in seinen Schoß. Sie fühlte sein erregtes Gemächt unter seinem Gewand. »Ich hoffe, deine Erinnerung ist zurückgekehrt.«

Sie wollte ihn nicht weiter erzürnen. »Ja, Eure Hoheit, es tut mir leid. Es wird nicht wieder vorkommen.«

»Das will ich hoffen. Nun begrüße deine Hoheit angemessen.«

Sie hob sein Gewand hoch. Ebenso wie sie trug er keine Unterwäsche. Sanft massierte sie sein Glied, das mit jeder ihrer Bewegungen praller wurde. Mit ihrer Zungenspitze verwöhnte sie seine Eichel. Sein Atem wurde schwerer.

»Und nun schluck so tief du kannst.« Er führte ihren Kopf und drückte ihn tiefer und tiefer bis ihr die Tränen in die Augen schossen und sie kaum noch Luft bekam. »So ist es brav, so gefällst du deiner Hoheit. Offensichtlich hast du doch etwas gelernt. Nun steh auf und setz dich zu mir an den Tisch. Zuerst speisen wir, damit dich nicht gleich die Kraft verlässt. Du wirst mir die ganze Nacht dienen. Ich werde dich benutzen, demütigen, züchtigen und hart nehmen, um dich sanft wieder anzunehmen und dein Herz liebevoll zu berühren.«

Evangelina konnte kaum etwas essen. Äußerlich wirkte sie ruhig, doch ihr Herz pochte bis zu ihrem Hals.

»Anscheinend hast du keinen Hunger. Das habe ich mir schon gedacht. Es ist normal, dass du anfangs über alle Maßen aufgeregt bist. Mit der Zeit wird sich das etwas legen. Ein bisschen Aufregung wirst du aber immer verspüren, weil du nie wissen wirst, was dich erwartet. Unser Spiel der Lust und Leidenschaft wird immer anders sein. Es wird nie einerlei sein wie du dich vorzubereiten hast, was du anziehen wirst und wie ich dich benutzen werde. Alles dient einem höheren Ziel. Zeige immer Dankbarkeit dafür, dass ich dich lehre. Nun gehe und knie dich vor das Fußende des Betts mit dem Rücken zu mir.«

Sie gehorchte unverzüglich. Er blieb am Tisch sitzen. Nach einigen Minuten, die ihr endlos vorkamen, erhob er sich und stellte sich hinter sie. Er beugte sich von hinten über sie und öffnete die drei oberen Knöpfe ihrer Bluse. Seine beiden Hände wanderten zielstrebig zu ihren Brüsten, die er mit sanftem Druck bearbeitete. Ihre Nippel wurden sofort hart. Seine linke Hand griff in ihr Haar und zog ihren Kopf langsam nach hinten. Seine rechte Hand knetete abwechselnd immer fester ihre prallen Brüste. Sie atmete hörbar.

»Steh auf!« Er schob sie vor sich her und stellte sie mit dem Gesicht zur Wand. Ihre Hände platzierte er rechts und links oberhalb ihres Kopfes und zog ihren Rock hoch. »Spreize deine Beine und bleib so stehen!« Der König ging zum Bett und wählte einen Dildo mit geringem Durchmesser. Er wollte sie nicht gleich überfordern. »Nun biete dich an, mit Worten und mit deinem Körper!«

Mit weichen, leicht kreisenden Bewegungen streckte sie ihm ihr Hinterteil entgegen. »Ich flehe Eure Hoheit an, bitte benutzt mich!«

»Das kannst du besser! Zeig es mir!«

Sie beugte sich weiter nach vorne, sodass ihr feuchtes Lustzentrum deutlich sichtbar wurde. »Ja, das kann ich viel besser. Gefällt es Eurer Hoheit so?«

»Ja, so machst du deiner Hoheit Freude.« Sanft führte er den Dildo zu ihrem Kitzler und dann langsam weiter nach hinten.

Sie war so erregt, dass sie sich dem Dildo in seiner Hand entgegenstreckte und ihn leise stöhnend in sich aufnahm.

»Ja, genau so will ich dich haben, du gieriges kleines Luststück. Er passt perfekt für dich. Du bist noch enger als ich dachte. Es wird sehr lustvoll für mich sein, dich zu nehmen. Bis dahin musst du dich jedoch noch ein wenig gedulden.«

Kurz vor ihrem Höhepunkt brach er ab. Sie seufzte.

»Dreh dich um. Ich will, dass du mir in die Augen siehst, während es dir kommt. Du wirst deine Lust und Geilheit herausschreien und nichts unterdrücken. Hast du verstanden?«

Sie riss die Augen auf. »Das kann ich nicht. Was sollen die Leute denken? Das Wirtshaus ist voll.«

Er verpasste ihr eine leichte Ohrfeige. »Du wagst es, dich meinem Befehl zu widersetzen? Was interessieren dich die Leute? Ich bin der König und deine Aufgabe ist es, mir Lust zu bereiten. Sei stolz, wenn es jemand hören kann, und bedanke dich dafür, dass dir diese Ehre heute zuteil wird.«

»Es tut mir sehr leid, dass ich noch so unvollkommen bin. Ich danke Eurer Hoheit dafür, dass Ihr mir heute diese große Ehre erweist.«

Er schob ihre Beine weiter auseinander. Mit der Spitze des Dildos strich er mehrmals zart über ihre Perle. Sie schloss die Augen.

»Sieh mich an. Ich will die Lust in deinen Augen sehen.«

Sie atmete tief durch und erwiderte seinen Blick. Sachte und langsam ließ er den Dildo immer tiefer in sie eindringen. Er bearbeitete sie abwechselnd schneller, dann wieder langsamer, sanfter und wieder härter, bis er sie abermals kurz vor den Höhepunkt brachte.

»Jetzt lass es raus. Ich will dich hören.«

Sie stöhnte und sah ihn weiterhin an. Seine Bewegungen wurden schneller und fester.

»Lauter! Ich kann dich nicht hören. Gleich wirst du kommen.«

Sie stöhnte lauter. »Ja, gleich werde ich kommen. Jetzt, jetzt komme ich.« Sie schrie es tatsächlich heraus.

Er gab ihr keine Gelegenheit, die Augen zu schließen, um bei sich selbst zu sein. Sie hatte jede Sekunde ihres Höhepunkts mit ihm zu teilen.

Er zog sie aufs Bett und streichelte sanft über ihre Wange.

»Du hast mir großen Genuss bereitet und daher eine Pause verdient. Ruhe dich ein wenig aus.«

Er legte sich neben sie. Sie hatte ihre Bluse, ihren Rock, ihre halterlosen Strümpfe und sogar ihre Schuhe noch an. Er hatte sein Gewand ebenfalls noch nicht abgelegt. Sie verspürte ein großes Bedürfnis nach Nähe. Ihre Hand wanderte zu seinem Bauch.

Noch bevor sie dort verweilen konnte, wurde sie gerügt. »Was fällt dir ein? Du bettelst um Strafe. Ich fasse dich an, wann und wo ich will. Du hast darum zu bitten, mich anfassen zu dürfen, wenn du dich danach sehnst. Steh auf und beuge dich über den Holzbalken neben dem Kamin.«

Sie gehorchte. Er zog ihr eine der Augenbinden über.

»Wenn du nichts sehen kannst, fühlst du umso intensiver. Du brauchst es anscheinend, deine Strafen sehr intensiv zu fühlen, damit du schneller lernst, was du zu tun hast und was du besser bleiben lässt.«

Er ging zurück zum Bett und öffnete den Koffer.

»Du wirst mir den Gegenstand, den ich dir jetzt gebe, mit gestreckten Händen anbieten. Du erhältst zur Strafe zehn Hiebe, fünf auf deinen Hintern und fünf auf deine Brüste. Dabei wirst du jedes Mal sagen: ›Meine Hoheit, ich habe Strafe verdient und gelobe, mich zu bessern.‹ Sprich diese Worte laut und deutlich und fühle sie.«

Wie befohlen, bot sie ihm mit gestreckten Händen zitternd den Gegenstand an. Es fühlte sich an wie ein Gürtel, der mit Nieten besetzt zu sein schien. Er nahm ihn aus ihren Händen und strich sie damit ab. Zuerst Hände, dann Arme und Brüste sowie Schultern, Rücken, Hinterteil und Beine. Er verpasste ihr den ersten Schlag auf den Hintern.

»Sag es!«

»Meine Hoheit, ich habe Strafe verdient und gelobe, mich zu bessern.«

Die vier weiteren Hiebe waren jeweils etwas fester. Sie sprach die geforderten Worte und verzog keine Miene.

»Nun setze dich aufs Bett und präsentiere mir deine Brüste.«

Sie gehorchte abermals. Er setzte die fünf Schläge wohldosiert und mit Bedacht, denn schließlich dienten sie dazu, ihre Lust zu fördern und nicht sie in Angst zu versetzen.

»Wie ich sehe, hat dich das geil gemacht. Nun bist du bereit dafür, von mir benutzt zu werden.«

Er legte sein Gewand ab, zog ihr die Bluse und den Rock aus und zog ihr die Augenbinde ab. So sah sie ihn nun zum ersten Mal nackt. Sein Körper war makellos und wohlproportioniert. Viel schöner als sie ihn sich vorzustellen gewagt hatte.

»Nun verwöhne meine hoheitliche Lanze und zeige mir wie sehr dich das erregt, damit ich Lust verspüre, mich an dir zu bedienen und dich zu nehmen, mal zart und mal hart, so wie du es verdient hast.«

Sie fasste sein Glied an, das in ihrer Hand pulsierte. Er führte ihre Hand, damit sie fühlen konnte, welche Bewegungen und welche Intensität ihm am meisten Lust bereiteten. Nachdem er dies ausgiebig genossen hatte, drückte er sie aufs Bett in die Missionarsstellung.

»Bitte, meine Hoheit, ich halte es kaum noch aus. Ich flehe Euch an, mich endlich zu benutzen.«

Er kniete sich vor sie. »So ist es brav. So hast du es dir verdient, von mir benutzt zu werden.«

Er hielt ihre Hände fest, während er langsam in sie eindrang. Zunächst waren seine Stöße sanft. Nach kurzer Zeit steigerte er jedoch die Intensität und Geschwindigkeit.

»Darf ich bitte kommen?«, keuchte sie.

Sofort wurde er wieder langsam und sanft. »Nein, noch nicht. Ich möchte deine Geilheit noch ein wenig genießen.«

Nach einer Weile steigerte er wieder das Tempo. Dieses Mal war er gnädiger und erlaubte ihr, sich ihren Höhepunkt zu nehmen. Wie schon zuvor forderte er intensiven Augenkontakt ein und schien tiefer in sie hineinblicken zu können als ihr lieb war. Es gab danach nicht die von ihr erwartete Pause. Er machte sanft und langsam weiter und genoss es, sich wieder zu steigern, um sie kurz vor ihren nächsten Höhepunkt zu führen.

»Ja, du wirst gleich wieder kommen. Ich fühle es und erlaube es dir. Du bereitest mir gerade sehr viel Freude, mein sinnliches Lustweib.«

Nachdem sie zum dritten Mal gekommen war, gab es zumindest eine Pause von ein paar Sekunden.

»Knie dich vor mich auf die Bettkante. Ich werde dich jetzt solange von hinten nehmen, bis du nicht mehr kannst. Wenn du erschöpft bist, wirst du vor deinem letzten Höhepunkt um Gnade flehen.«

Er stellte sich hinter sie, umfasste ihre Pobacken und dasselbe Spiel begann erneut. Nach jedem ihrer Höhepunkte machte er langsam und sanft weiter und steigerte allmählich wieder ihre Erregung bis kurz vor ihren nächsten Höhepunkt. Sie versuchte, möglichst lange durchzuhalten, da sie es sehr genoss, so dominiert und genommen zu werden. Nach zwei weiteren Orgasmen musste sie schließlich doch um Gnade flehen.

»Es tut mir leid, meine Hoheit, die Kraft verlässt mich. Ich kann nicht mehr. Bitte seid gnädig mit mir.«

»Meine Gnade sei dir gewährt. Du hast sie dir verdient. Nun gib deiner Hoheit zum Abschluss noch einmal alles.«

Er nahm sie noch einmal hart ran und kam gemeinsam mit ihr zum Höhepunkt. Sie konnte nicht sagen, wer von ihnen lauter war. Doch sie war sich sicher, dass es keine einzige Person im Wirtshaus gab, die nicht gehört haben könnte, was sich im Gemach des Königs abgespielt hatte. Evangelina ließ sich langsam auf den Bauch sinken, um etwas Erholung zu finden. Er ging mit ihrer Bewegung mit und legte seinen Körper wie einen Mantel schützend über sie. So blieben sie eine Weile still und regungslos liegen. Die Wärme seines athletischen Körpers und sein Atem an ihrem Hals gaben ihr ein Gefühl von tiefer Geborgenheit. Schließlich legte er sich neben sie und drehte sie so um, dass er ihr direkt in die Augen blickte.

»Du hast mir trotz deiner Unerfahrenheit großen Genuss bereitet und warst mir ein gutes Lustweib. Du hast sehr viel Potenzial, das ich von nun an schrittweise fördern werde, sodass du immer mehr zu einer Frau heranreifen wirst, die eines Königs würdig ist. Trotzdem wirst du immer auch mein kleines devotes Mädchen sein.«

Sie lauschte seinen Worten und wünschte, die Zeit würde für immer stehen bleiben.

»Ich danke Eurer Hoheit für Eure wohlwollenden Worte. Darf ich Euch nun bitte berühren und küssen?«, fragte sie mit zarter Stimme, so wie es ihm gefiel.

»Ja, das darfst du. Das hast du dir verdient.«

Sie küsste sanft seine weichen, vollen Lippen, seine Wangen, seine Schläfen, seine Stirn und seine starke, breite Brust. Mit ihren Fingerspitzen wanderte sie immer wieder über seinen gesamten Oberkörper, bis er ihre Hand in seine nahm, sie an sich zog und sie auf dieselbe Weise liebkoste wie sie ihn.

»Deine sanften Berührungen tun mir gut. Du bist wirklich außergewöhnlich sensitiv. Ich hatte schon fast vergessen wie es sich anfühlt, eine liebevolle Frau an meiner Seite zu haben. Es ist schon sehr spät. Ich muss noch ein paar Stunden schlafen, bevor ich morgen weiter reite. Nun geh, mache dich fertig für die Nacht. Das, was von deiner bescheidenen Schminke übrig geblieben ist, darfst du jetzt abnehmen. Wenn du so weit bist, kommst du wieder.«

Sie ging in ihre Kammer und blickte ungläubig in den Spiegel. Von ihrer kussechten 24-Stunden-Lippenfarbe war kaum noch etwas zu sehen. Es klebten lediglich noch ein paar Bröckchen an ihren Lippen. Gut, dass sie sich vorher nicht selbst hatte sehen können. Sie hätte sich für ihren eigenen Anblick in Grund und Boden geschämt. Schnell war sie abgeschminkt und kehrte zu ihm zurück. Zögernd stand sie vor dem Bett.

»Komm her, meine Kuschelprinzessin. Lass mich den Rest der Nacht deine Wärme und Zuneigung fühlen, bevor ich mich morgen auf meinen langen Weg durch die Kälte machen muss.«

Sie stieg zu ihm ins Bett und drückte sich in seine starken Arme. Zärtlich streichelte sie ihn solange, bis er endlich Schlaf fand. Evangelina lag fast die ganze Nacht wach. Sie wollte seine Nähe bewusst genießen. Schlafen könnte sie nach seiner Abreise noch lange genug.

KAPITEL 6

Am nächsten Morgen war der König schon vor Evangelina auf den Beinen. Als sie bemerkte, dass er nicht mehr neben ihr lag, erfasste sie ein seltsames Unbehagen. Schnell sprang sie aus dem Bett und entschuldigte sich dafür, dass sie wohl verschlafen hatte und der Frühstückstisch noch nicht gedeckt war.

Er schien mit den Gedanken ganz woanders zu sein und antwortete erst nach einigen Minuten: »Ich muss in Kürze aufbrechen, um bei Tageslicht zu reisen, solange es geht. In der Dunkelheit ist es zu gefährlich. Es wird Zeit, dass ich nach Hause komme. Zu lange schon war ich abwesend. Es gibt so viele Dinge, um die ich mich dringend kümmern muss.«

Sie machte ihm einen Kaffee und huschte in ihre Kammer, um sich hübsch zu machen für ihn. Als sie zurückkam, quittierte er dies mit einem Lächeln und strich ihr sanft über die Wange.

»Ich brauche morgens etwas Anlaufzeit, bis ich ansprechbar bin. Das ist normal. Daran wirst du dich gewöhnen müssen. Frühstücke noch einmal zusammen mit mir. Du wirst nun eine Weile auf meine Anwesenheit verzichten müssen. Während ich weg bin, wirst du weiterhin gewissenhaft deine täglichen Aufgaben erledigen, die dich reifen lassen. Sobald ich die wichtigsten Dinge geregelt habe, werde ich zurückkehren und deine weiteren Fortschritte prüfen. Solltest du dich bis dahin meinen Vorstellungen entsprechend weiterentwickelt haben, wird deine weitere Ausbildung zu meinem Lustweib und zu meiner Königin auf meinem Schloss erfolgen.«

Sie sah ihn bittend an. »Kann ich nicht gleich mitkommen? Ich möchte nie wieder ohne Euch sein. Nie zuvor habe ich so für jemanden empfunden.«

»Das geht nicht. Du bist noch nicht so weit. Ich werde in den nächsten Wochen keine Zeit haben, mich persönlich um dich und deine Ausbildung zu kümmern. Außerdem haben die Geschicke des Landes Vorrang. Also übe fleißig weiter, damit du bald so weit bist, mir dienen zu können, ohne ständig Anweisungen erhalten zu müssen. Lasse deine Haare weiter wachsen. Je länger dein Haar sein wird umso schöner wirst du in deiner Weiblichkeit erstrahlen.«

Er packte seine restlichen Sachen zusammen und ging nach draußen, wo sein prachtvoller Rappe bereits gesattelt stand und die gesamte Gefolgschaft abreisefertig wartete. Er band die Tasche an den Sattel und ging noch einmal zurück zu ihr.

»Komm her, meine süße Prinzessin. Nun verabschiede dich anständig von deiner Hoheit.« Er zog sie an sich und küsste sie noch einmal innig. Dann stieg er aufs Pferd und der gesamte Trupp setzte sich in Bewegung.

Trotz des eisigen Windes blieb Evangelina solange

stehen, bis auch der letzte Reiter nicht mehr zu sehen war.

Gerade erst war er weg geritten und nun vermisste sie ihn schon so sehr, dass sie eine sonderbare Beklemmung verspürte. Er war an diesem Morgen ungewohnt distanziert gewesen. Aber vielleicht bildete sie sich das auch nur ein? Ob er tatsächlich zu ihr zurückkehren würde? Irgendwie konnte sie sich das nicht so recht vorstellen. Sie versuchte sich abzulenken, indem sie die Spuren der Nacht beseitigte. Plötzlich stand Maria in der Tür. Sie war neugierig und wollte wissen wie die Nacht war. Evangelina lächelte.

»Anscheinend warst du nicht im Haus. Sonst hättest du hören müssen wie meine Nacht war. Ich habe mich außerdem gefragt, wie du zu der Annahme kommst, deine Lippenfarbe sei kussecht und halte 24 Stunden.«

Maria musste grinsen. Sie konnte sich vorstellen wie die Nacht verlaufen war und stellte keine weiteren indiskreten Fragen, die Evangelina ihr ohnehin nicht beantwortet hätte. Evangelina packte ihre Sachen zusammen und kehrte zu ihrer Familie zurück. Sie nahm den Kissenüberzug mit, der nach ihm roch, und legte ihn neben sich in ihr Bett. Der Überzug und die Erinnerung an die letzten Tage war das einzige, was ihr von ihm blieb. Es erschien ihr auf einmal so unwirklich und sie fragte sich am nächsten Morgen, ob sie das alles nur geträumt hatte.

Er war jedoch so präsent in ihrem Kopf und in ihrem Herzen, dass dies unmöglich nur ein Traum gewesen sein konnte. Sie musste ständig an ihn denken und ließ die letzten Tage Revue passieren. Was hatte er nur mit ihr gemacht? Sie wünschte sich nichts mehr, als ihn bald wiederzusehen und ihm wieder dienen zu dürfen, um sich den Platz an seiner Seite zu verdienen. Aber würde sie es wirklich schaffen, ihr bäuerliches Leben hinter sich zu lassen und sich zu einer würdigen Frau für einen König zu entwickeln? Könnte sie jemals gut genug für ihn sein? Was würden die Königinmutter und seine restliche Familie wohl zu seiner Wahl sagen? Sie würde ihn ganz sicher blamieren, denn sie hatte keine Ahnung, wie sich eine Dame in feiner Gesellschaft bei Hofe zu verhalten hatte. Selbst wenn ihr Traum in Erfüllung ginge und er sie wirklich zu seinem Weib machen würde, was wäre mit ihrer Familie und ihren Freunden? Dürfte sie diese weiterhin sehen und dürften diese bei Hofe verkehren? Oder wäre es ihm peinlich, dass sein Weib Kontakt mit einfachen und ungebildeten Leuten pflegt? Würde er ihr dies möglicherweise sogar untersagen? All diese Gedanken schossen ihr durch den Kopf. Sie hatte große Zweifel, dass sie seinen hohen Anforderungen tatsächlich gerecht werden könnte. Dennoch war sie entschlossen, zumindest ihr Bestes zu versuchen. Sie war bereit, alles für ihn zu geben, denn er war der Mann, auf den sie solange gewartet hatte – ein Mann, der ihr mehr als gewachsen war, zu dem sie aufschauen und von dem sie lernen konnte. Er war ihr eindeutig überlegen und sie sehnte sich danach, ihm zu folgen, wohin auch immer er sie führen würde. In den nächsten Tagen fuhren ihre Gefühle Achterbahn. Einmal malte sie sich ein Leben mit ihm in den schillerndsten Farben aus, um kurz darauf überzeugt zu sein, dass sie scheitern würde. Dann wieder fragte sie sich, warum sie versagen sollte. Sie lebte zwar in bäuerlichen Verhältnissen, doch war sie ebenso gebildet wie viele Edeldamen. Warum also sollte sie weniger gut sein als diese? Wie auch immer, der König war erst mal abgereist und sie hatte derzeit keine andere Möglichkeit, ihn von sich zu überzeugen, als vorbildlich ihre Übungen und Aufgaben zu erledigen und ihn pflichtgemäß täglich davon zu unterrichten. So schrieb sie ihm jeden Abend einen ausführlichen Brief. Manchmal erhielt sie eine knappe Antwort, manchmal auch nicht. Sie fragte sich, ob ihre Briefe womöglich nicht alle ankamen. Vielleicht hatte der König aber auch einfach keine Zeit, ihr häufiger und ausführlicher zu antworten? Er hatte ja bei seiner Abreise selbst gesagt, dass er in den nächsten Wochen keine Zeit für sie haben würde.

Einige Tage darauf erhielt sie einen längeren Brief des Königs: »Mein devotes Mädchen, ich bin wohlbehalten zuhause angekommen. Meine lange Abwesenheit hat jedoch Spuren hinterlassen. Es gibt so viele Dinge, um die ich mich dringend kümmern muss. Die Königinmutter ist sehr krank. Ihr gilt meine größte

Sorge. Zudem habe ich eine große Verantwortung gegenüber dem Volk. Einst hatte ich eine wunderbare Frau. Doch unser Glück war nur von kurzer Dauer. Durch tragische Umstände habe ich sie und unser ungeborenes Kind verloren. Ich bin nicht mehr jung. Ich brauche schnellstmöglich eine würdige Königin an meiner Seite, die mir einen Thronfolger gebären wird. Das bin ich meinem Volk schuldig. Meine Verantwortung gegenüber dem Königreich hat Vorrang vor allem anderen – auch vor meinen Gefühlen und meinem privaten Glück. Bedauerlicherweise habe ich aufgrund meiner zahlreichen Pflichten keine Zeit, um dich persönlich zu formen und zu erziehen, sodass du den Platz an meiner Seite bald einnehmen könntest. Es ist einfach zu viel, was ich dir noch beibringen müsste. Daher gebe ich dich hiermit frei. Es tut mir sehr leid, dass wir uns nicht schon früher begegnet sind, denn du hast großes Potenzial. Du bist noch jung und wirst zu einem wundervollen Lustweib und einer würdigen Frau heranreifen. Für den richtigen Herrn wirst du ein vollendeter Genuss sein. Daher übe dich weiter in deiner Weiblichkeit. Es wird sich eines Tages für dich lohnen. Du wirst eine begehrenswerte Frau an der Seite eines stolzen Edelmannes sein. Soweit es mir zeitlich möglich ist, werde ich dir bis dahin als Mentor zur Seite stehen.«

Diese Nachricht traf sie nicht unerwartet. Schon vor seiner Abreise hatte er sich anders verhalten als zuvor. Sie haderte mit sich. Er hatte sie von Dingen träumen lassen, die sie selbst niemals zu träumen gewagt hätte. Alles schien zum Greifen nahe zu sein, sie hatte ihr Bestes gegeben – und doch hatte sie versagt. Natürlich musste sie versagen. Sie wusste von Anfang an, dass ein Bauernmädchen wie sie niemals gut genug für einen König sein kann. Ihr schöner Traum zerplatzte wie eine Seifenblase. Warum in aller Welt sollte sie sich weiter in ihrer Weiblichkeit üben, wenn er sie doch nicht wollte? Sie wollte nicht irgendeinen anderen Mann, sondern ihn. Ihn oder keinen. Er war der Mann, den sie liebte. Ja, zum ersten Mal in ihrem Leben fühlte sie so. Bis zum Tage ihrer ersten Begegnung war sie der festen Überzeugung, dass sie niemals wahre, tiefe Liebe für einen Mann empfinden könnte, bestenfalls etwas Schwärmerei. Jetzt, da sie es zum ersten Mal fühlte, sollte es schon wieder vorbei sein? Sollte das ihre Bestimmung sein? Sie wünschte, sie hätte ihn niemals kennen und lieben gelernt und diesen Traum nie geträumt. Dann müsste sie ihn jetzt auch nicht so schmerzlich vermissen. Es würde keinen Tag mehr in ihrem Leben geben, an dem sie nicht an ihn denken und sich nicht nach ihm sehnen würde. Sie versank in Selbstmitleid. Am nächsten Tag war sie so krank, dass sie im Bett bleiben musste.

»Selbst schuld. Ich wusste, dass ich krank werde, als ich zu dünn bekleidet im eisigen Wind stand und ihm nachsah. Aber ich würde es wieder tun, um mich ihm noch ein paar Minuten oder auch nur Sekunden länger nahe zu fühlen.«

Kapitel 7

Sie erholte sich nur langsam von ihrer Grippe. Kaum ging es ihr ein paar Tage besser, war sie schon wieder krank. Dieses Mal spielte ihr Magen verrückt und sie war so geschwächt, dass sie abermals ein paar Tage das Bett hüten musste. Als das überstanden war, kehrte die Grippe zurück. Ihre Familie sorgte sich sehr um Evangelina. Sie war für gewöhnlich nur ganz selten krank. Doch nun schien sie gar nicht mehr zu Kräften zu kommen. Seit ihrer Begegnung mit dem König war sie nicht wieder zu erkennen. Yeduri wich in den Wochen ihrer Krankheit nicht von ihrer Seite. Seine Nähe tat ihr gut. Während sie sich auskurieren musste, hatte Evangelina viel Zeit zum Nachdenken. Zwei Wochen nach der Jahreswende hatte sie endlich alle Krankheiten überstanden und einen Entschluss gefasst. Es musste einen Grund geben, warum der König in ihr Leben getreten war. Irgendeine höhere Macht musste ihn ihr geschickt haben. Normalerweise gab es keine näheren Begegnungen zwischen Königen und Bauern. Diese lebten in zwei völlig verschiedenen Welten, die strikt voneinander getrennt waren. Sie hätte ihm niemals begegnen dürfen. Und doch hatte sie ihn kennengelernt und einen neuen Weg beschritten. Es gab kein Zurück mehr. Der König hatte Recht. Anscheinend hatte sie bisher in ihrem Leben nur geschlafen. Doch nun lag ein neues, noch unbekanntes Leben vor ihr, in dem es so viel zu entdecken gab, dass sie dringend loslaufen musste. Viel zu lange schon hatte sie in ihrer sicheren und beschaulichen, aber auch kleinen und engen Welt gelebt. Sie würde niemals wissen, wie weit sie kommen könnte und wer sie wirklich war, wenn sie nicht endlich loslaufen würde. Der König war der begehrteste Mann im Land. Er würde sehr bald eine Frau gefunden haben. Sie hatte einiges aufzuholen und musste sich beeilen, wenn sie ihn zurückgewinnen wollte. Das war von nun an ihr Ziel. Sie würde sich von Edelmännern umwerben und ausbilden lassen, um schnellstmöglich zu einer würdigen Frau für den König heranzureifen. Es war ihr egal, wie oft sie sich anhören musste, dass ein Bauernmädchen eines Königs nicht würdig sei. Sie wusste, dass sie es schaffen konnte, und wollte nicht den Rest ihres Lebens bedauern müssen, es nicht wenigstens versucht zu haben. Sollte ihre Entwicklung nicht schnell genug voranschreiten, um König Maximilian doch noch von sich zu überzeugen, so würde sie zumindest die angetretene Reise zu sich selbst sehr genießen und irgendwann ein würdiges Weib an der Seite eines anderen Königs sein – wo immer ihr dieser auch begegnen sollte. Sie musste endlich ihr Bauernleben hinter sich lassen. Niemals würde sie die schönen Seiten dieses Lebens und das, was ihre Ziehfamilie für sie getan hatte, vergessen. Sie war im Dorf sehr gut gelitten, doch wussten alle, dass sie keine von ihnen war. Es war zu offensichtlich. Sie selbst hatte sich all die Jahre am wenigsten Gedanken darum gemacht. Doch nun war es an der Zeit herauszufinden, was ihre wahre Bestimmung war.

Beflügelt von ihrer eigenen Entschlossenheit, schrieb sie Maximilian einen Brief: »Meine verehrte Hoheit, ich hoffe, es geht Euch gut und Ihr hattet trotz Eurer zahlreichen Pflichten ein schönes Weihnachtsfest und habt das Neue Jahr gut begonnen. Verzeiht mir, dass ich Euch schreibe, obwohl Ihr mich freigegeben habt. Es ist mir ein großes Bedürfnis, Euch ein wenig Bericht zu erstatten. Ihr habt einen derart bleibenden Eindruck bei mir hinterlassen, dass ich nicht umhin komme, mich weiterhin in meiner Weiblichkeit zu üben. Meine Haare wachsen und mit ihnen mein Selbstbewusstsein als Frau und das Gefühl für meine eigene Weiblichkeit. Das Tragen von Schuhen mit Absatz und eleganter Damenkleidung bereitet mir zunehmend Freude. Maria, die Frau des Wirtes, freut sich, dass sie ihre Schminktipps anbringen kann. In all diesen Bereichen komme ich auch ganz gut ohne Eure Unterstützung klar. Ich kann verstehen, dass ein König Wichtigeres zu tun hat, als einem Bauernmädchen als Mentor zur Seite zu stehen. Dennoch wüsste ich nicht, wer außer Euch mir sagen könnte, wie ein Herr sein müsste, um richtig für mich zu sein. Auch kann ich mir zum jetzigen Zeitpunkt nicht vorstellen, jemals die Führung eines anderen Mannes so anzuerkennen wie die Eure. Ich wünschte, ich hätte nicht so viele Jahre meines Lebens verschlafen und wäre früher meiner Bestimmung gefolgt. Dann wäre ich vorbereitet und reif für Euch gewesen und könnte Euch nun unterstützen und erfreuen. Ich habe beschlossen, all meine noch vorhandenen Unzulänglichkeiten schnellstmöglich zu beseitigen. Zwei Jahre dürften ein realistischer Zeitrahmen sein. Ich denke hierbei nicht an meine Ausbildung zum Lustweib. In diesem Bereich kann ich sicher sehr viel schneller aufholen. Um jedoch eine Aura zu erlangen, die der Frau eines Königs gebührt, muss ich noch sehr viel lernen und mich sehr stark weiterentwickeln. Solltet Ihr bis dahin nicht mit einer anderen Frau glücklich sein, so hoffe ich, eine zweite Chance zu bekommen, wenn ich so weit bin. Seit ich Euch zum ersten Mal sah, wusste ich, wie die Frau an Eurer Seite sein müsste und dass ich es unmöglich innerhalb weniger Tage oder Wochen schaffen kann, so zu werden wie Ihr mich haben wollt. Genau das ist jedoch mein innigster Wunsch – so zu werden wie Ihr mich haben wollt, damit ich Euch glücklich und stolz machen kann. Daran werde ich fortan fleißig arbeiten und Euch gelegentlich über meine Fortschritte berichten. Seit unserer Begegnung weiß ich endlich, was mir all die Jahre gefehlt hat – ein Mann, der mich fordern und fördern kann, der mich wachsen und reifen lässt. Ein Mann, der weiß, was er will und wie er es will und wie er bekommt, was er will. Ein Mann, der mich mit Worten und Taten berühren und zu mir selbst führen kann. Ob es je einen zweiten Mann für mich geben wird, der all dies vermag, wage ich zu bezweifeln. Somit bleibt mir nur, hart an mir selbst zu arbeiten, damit meine Entwicklung rasch voranschreitet. Ich hätte Euch so gerne glücklich gemacht. Vielleicht bekomme ich irgendwann die Chance dazu. In Liebe, Evangelina.«

Insgeheim hoffte sie, dass ihre Zeilen den König so rühren würden, dass er sich besinnen und erneut ihrer annehmen würde. Doch er antwortete nicht auf ihren Brief. Sie wusste, dass sie keine Zeit zu verlieren hatte und das Leben nicht einfach geschehen lassen konnte wie bisher, sondern es nun selbst in die Hand nehmen musste, wenn sie etwas verändern und bewirken wollte. Sie war entschlossen herauszufinden, wozu sie alles im Stande war. Bei all ihren Entscheidungen war er es, der sie leitete, auch wenn er selbst nichts davon wusste. Was immer sie tat, sie dachte zuerst darüber nach, was er wohl davon halten würde. Wann immer sie weibliche Kleidung trug, fragte sie sich, ob ihm diese gefallen würde. Sie entwickelte einen Plan wie es ihr gelingen könnte, sich möglichst schnell in edlen Kreisen wie zuhause zu fühlen. Es gab eine Menge zu tun. Sie bräuchte mehrere Lehrer: einen für Tanzausbildung, einen weiteren, der dafür sorgen würde, dass sie eine elegante und edle weibliche Ausstrahlung entwickeln könnte, sowie einen Dritten, der ihr Kunst und Kultur nahe bringen würde.

Sie bat ihren Ziehvater um ein Gespräch.

»Vater, ich möchte dich bitten, mir einen Teil des Goldes auszuhändigen, das meine leibliche Familie mir mitgegeben hat. All die Jahre habe ich es nicht gebraucht. Ich war zufrieden und glücklich mit meinem einfachen Leben hier bei euch. Es hat mir an nichts gemangelt und ich hatte viele unbeschwerte Jahre. Doch seit meiner Begegnung mit dem König ist alles anders. Er hat eine tiefe Sehnsucht in mir geweckt, der ich folgen muss. Es ist an der Zeit, Neues zu wagen und zu entdecken und mich weiterzuentwickeln, zu erkennen und zu erfahren wer und wie ich wirklich bin. Wir alle wissen, dass ich aus einer Adelsfamilie stamme. Ich sollte also endlich lernen, mich auch in solchen Kreisen sicher zu bewegen. Selbst wenn ich den König vielleicht niemals zurückgewinnen kann, so werde ich doch hier keinen passenden Mann für mich finden und ich kann nicht ewig bei euch wohnen. Ich werde in Kürze ins Rheinland reisen, um in der Nähe von Maximilian zu sein. Dort werde ich mir in einer großen Stadt eine Unterkunft suchen, um Menschen zu finden, die mich auf meinem Weg begleiten und fördern können. Selbstverständlich werde ich euch, so oft es geht, besuchen.«

»So sei es, Evangelina. Ich habe kein einziges Goldstück angerührt, denn ich wusste, dass der Tag kommen würde, an dem du es brauchen würdest. Du hast Recht, es wird Zeit, dass du dich unter deinesgleichen begibst. Mit einem Bauern zum Mann würdest du sicher nicht glücklich werden. Folge deinem Herzen und gib gut auf dich acht. Ich wünsche dir viel Glück und Erfolg bei allem, was du tust, egal wohin dein Weg dich auch führen mag. Warte hier. Ich bin gleich zurück.«

Er verschwand für ein paar Minuten und kehrte mit einem Beutel aus weichem Leder zurück. »Nimm den ganzen Beutel. Er gehört dir. Es ist so viel Gold, dass du damit sehr weit kommen solltest. Ich denke, Yeduri wird dich begleiten. Somit werden du und dein Vermögen sicher sein.«

»Ich danke dir, Vater. Ich werde aufbrechen, sobald das Wetter etwas freundlicher ist.«

Sie nahm den Beutel und brachte ihn in ihre Kammer. Wie schon an den Abenden zuvor, ging sie erst sehr spät zu Bett.

In dieser Nacht hatte sie eine sonderbare Erscheinung. Sie sah eine Gestalt, die nur aus Licht zu bestehen schien und die ihr sehr vertraut vorkam, obwohl sie ihr noch nie zuvor begegnet war. Wie durch einen Schleier sprach eine warme, weibliche Stimme zu ihr: »Deine Sehnsucht hat dich endlich zu mir geführt. Ich habe lange darauf gewartet. Die Zeit ist also gekommen. Hymnus wird dich finden. Er wird deinen Weg mit dir gehen und dich dorthin tragen, wohin dein Herz euch führen wird. Er wird dich an die Orte und zu den Menschen bringen, die für dich bestimmt sind. Du musst nur ihm und dir selbst vertrauen. Das mag am Anfang schwierig sein, aber du wirst sehen, dass es dir mit jedem Tag leichter fallen wird.«

»Wer ist Hymnus?«, wollte Evangelina wissen. Doch sie bekam keine Antwort darauf. Genauso unvermittelt wie die Gestalt aufgetaucht war, verschwand sie auch wieder.

Evangelina schreckte auf und blickte direkt in Yeduris Augen. »Es war nur ein Traum«, beruhigte sie sich und schlief bald wieder ein.

KAPITEL 8

Es war schon hell, als sie am nächsten Morgen erwachte. Sie rief sich die Worte der Gestalt, die ihr ein so wohliges Gefühl von tiefem Vertrauen vermittelt hatte, in Erinnerung. »Ja, sie hat Recht. Wer immer sie auch ist – selbst wenn es nur mein Unterbewusstsein war, das im Traum zu mir gesprochen hat. Ich sollte endlich lernen zu vertrauen, anderen und mir selbst. Bisher habe ich immer alles in Frage gestellt. Ich habe nie darauf vertraut, dass ich eines Tages herausfinden könnte, wer ich wirklich bin. Ich hatte sogar immer Angst davor, es herauszufinden, weil ich mein beschauliches Leben hier auf dem Lande nicht aufgeben wollte. Vor allem habe ich nicht darauf vertraut, dass der König mich wollen könnte. Und wie in aller Welt sollte er mich wollen können, wenn ich ihm ständig signalisiere, dass er mich nicht wollen kann und darf? Ich habe mich verhalten wie ein törichtes kleines Bauernmädchen. Dabei bin ich eine attraktive junge Frau von edler Herkunft, die keinen Grund hat, sich zu verstecken. Das hat man mir oft genug gesagt. Nun sollte auch ich dies endlich verinnerlichen und fühlen.«

Nach dem Frühstück ging Evangelina in den Wald, um Brennholz zu sammeln. Der Raureif hing schwer an den Bäumen. Doch langsam verzog sich der Nebel und immer mehr Tautropfen funkelten im Licht der Sonnenstrahlen wie tausende Diamanten. Sie genoss den Anblick sehr bewusst und fragte sich, ob sie je wieder hierhin zurückkehren würde. Plötzlich knackte es im Unterholz vor ihr. Yeduri, der ihr gefolgt war, war sofort zur Stelle und knurrte drohend.

»Wer ist da?« rief sie. Es kam keine Antwort. »Komm heraus und zeige dich.«

Nun hörte man ein Schnauben und langsam trat ein Pferd aus dem Unterholz hervor auf die Lichtung.

»Alles gut, Yeduri. Es ist nur ein Pferd. Es hat gar keinen Reiter. Ob es niemandem gehört?«

Der Hengst trat näher. Er war von grazilem Körperbau. Sein falbenes Fell glänzte golden in der Sonne. Seine Mähne war schwarz mit feinen cremefarbenen Strähnen. Sein Schweif hatte alle möglichen Farbschattierungen von schwarz bis leicht rötlich, wobei der Schweifansatz ebenfalls cremefarben war. Er blickte sie aus sanften brauen Augen mit hellen Wimpern an.

»Was tust du hier alleine? Wo ist dein Mensch? Warum trägst du keinen Sattel und kein Zaumzeug?«

Er wieherte leise und begann zu fressen. Sie sammelte noch eine Weile weiter Brennholz und machte sich schließlich auf den Nachhauseweg. Yeduri und das Pferd folgten ihr.

»Was wird das? Was hast du vor? Du kannst nicht mitkommen. Meine Familie hat schon zwei Pferde. Es sind starke Arbeitspferde, mit denen die Felder bewirtschaftet werden. Für solche Arbeiten bist du zu leicht. Aber ich bin sicher, du bist schnell wie der Wind.«

Er lauschte aufmerksam ihren Worten und folgte ihr weiterhin unbeirrt, bis sie schließlich auf dem Gehöft angekommen waren. Ihr Vater war draußen am Arbeiten und kam ihnen entgegen, als er sie sah.

»Du kannst ihn direkt in den Stall bringen. Dort hängen bereits sein Sattel und Zaumzeug. Es ist wirklich ein sehr edles Tier.«

Sie schaute ihn ungläubig an. Woher wusste er, dass sie ein Pferd mitbringen würde?

»Eben war eine Frau hier und hat seine Ausrüstung sowie Gewänder für dich abgegeben. Sein Name sei Hymnus und du wüsstest, wer sie sei. Mehr hat sie nicht gesagt. Bevor ich irgendetwas fragen konnte, war sie schon wieder verschwunden. Es ist tatsächlich ein falbenes Pferd. Ob wohl doch etwas dran ist an der Prophezeiung? Eigentlich glaube ich nicht an so etwas. Doch seit der König hier aufgetaucht ist, geschehen seltsame Dinge.«

Evangelina brachte Hymnus in den Stall und versorgte ihn mit Wasser und reichlich Heu. Sie bewunderte seinen prunkvollen Zaum und Sattel. Beide waren aus schwarzem Leder und hatten goldene Beschläge. Unter dem Sattel befand sich eine schwarze Samtschabracke mit Goldbestickung. Sie strich mit den Fingern über das weiche Leder.

»Morgen werden wir aufbrechen, Hymnus. Ich habe schon genug Zeit verstreichen lassen. Es liegt ein langer Weg vor uns.«

Am Nachmittag packte Evangelina ihre Sachen zusammen. Abermals sollte ein Sack Gepäck reichen. Sie wollte Hymnus nicht mit unnötigem Gewicht belasten, um möglichst schnell voran zu kommen. Außerdem würde sie nicht viel brauchen. Etwas Proviant, die Kleidung, welche für sie abgegeben worden war, und ein paar persönliche Gegenstände. Die Gegend war zwar dünn besiedelt, aber es sollte zu schaffen sein, nach jedem Tagesritt ein Dorf zu finden, in dem sie übernachten und sich neue Verpflegung besorgen konnte. Den Abend verbrachte sie im Kreise ihrer Familie, die ihr Mut zusprach, sodass sie zuversichtlich zu Bett ging. Dennoch schlief sie sehr unruhig in ihrer letzten Nacht zuhause. Zu groß war das Abenteuer, dem sie entgegen reiten würde.

Am nächsten Morgen war sie schon früh auf den Beinen. Nachdem sie gefrühstückt hatte, putzte sie Hymnus sorgfältig, sattelte ihn, legte ihm sein Zaumzeug an und schnürte ihr Gepäck hinter dem Sattel fest. Sie verabschiedete sich von allen Familienmitgliedern einzeln und stieg schließlich auf.

»Worauf wartest du noch? Reite endlich deinem Glück entgegen, Schwester. Wenn du erst ein entsprechendes Gewand trägst, wirst du auf diesem edlen und prächtigen Ross aussehen wie eine Königin. Der König wird gar nicht anders können als sich in dich zu verlieben«, sagte das älteste Mädchen.

»Ich hoffe, du hast Recht, liebe Schwester«, antwortete Evangelina.

»Natürlich habe ich Recht. Meine Königin warst du

schon immer. Weißt du noch wie wir als Kinder gespielt haben? Ich war deine Kammerzofe und habe dein Haar hübsch zurecht gemacht. Du warst die Frau des Königs. Alle möglichen Edeldamen haben um ihn geworben. Was sie auch taten, er hatte nur Augen für dich.«

»Ja, ich erinnere mich nur zu gut. Es war dein Lieblingsspiel und ich habe es immer sehr genossen, wenn du mich hübsch zurecht gemacht hast. Dies ist jedoch kein Spiel. Ich hoffe, dass ich in der Realität nicht versagen werde.«

»Das wirst du nicht. Du hast noch niemals bei irgendetwas versagt, weil Versagen für dich nie eine Option war. Dafür habe ich dich immer bewundert. Dieses Mal ist die Aufgabe nur sehr viel größer und schwieriger als sonst. Du wirst einfach solange daran arbeiten, bis du sie bewältigen kannst.«

»Ich danke dir für deine ermutigenden Worte und werde sie mir immer dann in Erinnerung rufen, wenn mich mal wieder Zweifel plagen sollten. Lebt wohl. Ich werde Euch regelmäßig schreiben.«

Evangelina holte noch einmal tief Luft. Dann forderte sie Hymnus auf, sich in Bewegung zu setzen. Bevor sie außer Sicht waren, wendete sie noch einmal und winkte zum Abschied. Dann trabte sie in Begleitung von Yeduri davon.

KAPITEL 9

Sie kamen zügig voran. Hymnus und Yeduri konnten den ganzen Tag laufen, ohne deutlich zu ermüden. Evangelina war jedoch am Abend von den vielen Stunden im Sattel erschöpft. Umso dankbarer war sie für die Gastfreundschaft der Menschen in den Dörfern, die auf ihrem Weg lagen. Zumeist musste sie sich keine Herberge suchen, sondern übernachtete auf privaten Höfen. Für die Familien war der unerwartete Gast eine willkommene Abwechslung in ihrem eintönigen Alltag.

Nach zwei Wochen erreichte sie erstmals eine mittelgroße Stadt, in der sie für ein paar Tage verweilen wollte. Sie wählte eine Unterkunft in der Stadtmitte. Von hier aus zog sie am nächsten Morgen zu Fuß los, um die Stadt und ihre Menschen zu erkunden. Sie wollte das städtische Leben auf sich wirken lassen. Schon nach kurzer Zeit entwickelte sie ein Gespür dafür, wer der Oberschicht, der Mittelschicht und der Unterschicht angehörte. Dies war nicht nur an der Kleidung erkennbar, sondern auch am Verhalten und an den Gesichtern der Menschen. Evangelina wollte möglichst nicht auffallen, um ungestört die anderen beobachten zu können. Sie selbst trug eines der Gewänder, welche die geheimnisvolle Frau für sie abgegeben hatte, und war von den Oberschicht-Damen nicht zu unterscheiden. Hier und da unterhielt sie sich, wobei es niemandem aufzufallen schien, dass sie ein Mädchen vom Lande war. So einfach hatte sie sich das nicht vorgestellt. An dem Spruch »Kleider machen Leute« war offensichtlich was dran. Am dritten Tage ihres Aufenthaltes in der Stadt fiel ihr auf dem Marktplatz ein Mann auf. Er hatte trotz des dichten Gedränges sehr viel Platz um sich herum, was daran lag, dass ihm jeder aus dem Weg ging. Genau das schien er auch zu wollen. Sein gestählter Körper, seine aufrechte Haltung und sein animalischer, strenger Blick signalisierten jedem, dass es keine gute Idee sei, den Raum um ihn herum zu betreten.

»Wer ist er?«, fragte Evangelina die Marktfrau neben ihr.

»Er ist ein Rittersmann. Sein Name ist Christoph von Treuborn. Er wohnt in der Burg oberhalb der Stadt. Es wird gemunkelt, dass er schon über tausend Frauen hatte und immer einen mehr oder weniger großen Harem auf seiner Burg beherbergt, auf der wilde Orgien stattfinden sollen. Er soll sonderbare Neigungen haben und dennoch, oder gerade deswegen, liegen ihm die Frauen zu Füßen. Genaueres weiß hier keiner, denn er wählt sich niemals Frauen aus unserer Stadt oder der näheren Umgebung. Auch zu den Männern aus der Stadt pflegt er keinerlei Kontakt. Sie scheinen ihn regelrecht zu fürchten und machen einen Bogen um ihn, obwohl er noch nie jemandem etwas getan hat.«

Evangelina ging der Anblick des Ritters an diesem

Tag nicht mehr aus dem Kopf. Er hatte eine ebenso mächtige Ausstrahlung wie der König. Sie konnte sich gut vorstellen, dass die Frauen ihm verfallen waren, und fragte sich, was er wohl für sonderbare Neigungen haben möge.

Am nächsten Tag ging sie abermals zum Marktplatz in der Hoffnung, ihn wieder zu sehen. Sie ging mehrmals über den gesamten Platz, konnte ihn jedoch nirgendwo erblicken. So erledigte sie schließlich ihre Einkäufe und beschloss, ihr Glück am nächsten Tag erneut zu versuchen.

»Sucht Ihr etwas Bestimmtes?«, fragte unvermittelt eine dunkle Männerstimme hinter ihr. Sie drehte sich um und blickte direkt in die großen blauen Augen des Christoph von Treuborn.

Wie hatte er es nur geschafft, sich ihr von hinten zu nähern, wo sie doch die ganze Zeit Ausschau nach ihm gehalten hatte? Sie errötete ein wenig. »Um ehrlich zu sein, habe ich nach Euch gesucht. Ihr erinnert mich an jemanden. Ich war gestern hier und Ihr seid mir direkt ins Auge gesprungen.«

Er musste herzhaft lachen. »Um ehrlich zu sein, seid Ihr mir auch bereits gestern aufgefallen. Ihr seid nicht von hier. Das habe ich gleich gesehen. Ich wüsste jedoch wahrlich nicht, an wen ich Euch erinnern sollte«, erwiderte er.

»*Er hat denselben fokussierten und entschlossenen Blick wie König Maximilian, nur dass seine Augen himmelblau sind und nicht ozeanblau wie die meiner Hoheit.*

Dieselbe animalische und charismatische Ausstrahlung wie er und eine ebenso starke Präsenz, der sich niemand entziehen kann«, dachte sie.

»Ihr erinnert mich an König Maximilan. Ich weiß nicht, ob Ihr ihm jemals begegnet seid. Ihr habt jedenfalls das gleiche Auftreten wie er. Wie kommt Ihr darauf, dass ich nicht von hier bin? Sieht man mir das an oder kennt Ihr etwa alle Frauen dieser Stadt?«, fragte sie mit leicht provokantem Tonfall.

Er musste schmunzeln. »Die Frauen dieser Stadt haben mich noch nie interessiert. Kennst du eine, kennst du alle. Sie kopieren sich gegenseitig. Und was soll ich mit einer Kopie der Kopie der Kopie anfangen? Das langweilt und ermüdet mich. Ich umgebe mich lieber mit inspirierenden Frauen anstatt mit den Gretels dieser Stadt. Ihr seht nicht aus wie Gretel, also könnt Ihr nicht von hier sein. König wer? Wie war sein Name? Nein, ich kenne ihn nicht. Ich huldige weder Königen noch Göttern noch sonstigen Wesen, sondern vertraue einzig und allein auf mich und meine Fähigkeiten. Übrigens, mein Name ist Christoph von Treuborn. Wer seid Ihr und was führt Euch hierher?«

»Wie es scheint, ist er mindestens ebenso von sich selbst überzeugt wie Maximilian. Wahrscheinlich denkt und handelt er auch genau wie er. Ich bin sicher, er könnte mir beibringen, wie ich Maximilian als Weib und Lustweib erfreuen könnte«, schoss es ihr durch den Kopf.

»Ich weiß, Euer Name eilt Euch voraus. Die Leute

hier scheinen Euch zu fürchten. Ich bin auf den Namen Evangelina getauft. Ich bin nur auf der Durchreise. Mein Ziel ist das Schloss von König Maximilian. Bevor ich mich dorthin begeben werde, muss ich jedoch noch eine Menge lernen. Bei unserer ersten Begegnung vor einigen Wochen habe ich versagt. Ich war nicht reif genug, um ihm als Weib und Lustweib so viel Freude zu bereiten und ihm so gut zu dienen, dass er mich als die Seine hätte annehmen können. Nun möchte ich mich von Edelmännern ausbilden lassen und mich weiterentwickeln, in der Hoffnung, dass ich eine zweite Chance erhalten werde. Ich möchte ihn für mich gewinnen – als Liebhaber und als Mann an meiner Seite. Ich möchte die Frau sein, die ihn glücklich macht.«

»Fürchtet Ihr mich auch, Lady Evangelina? Nun, ich kann Euch versichern, es ist ein Leichtes für mich, Euch auszubilden. Ich bin zwar kein König, aber zumindest ein Edelmann. Vor Königen solltet Ihr Euch auch besser in Acht nehmen. Sie sind zumeist überheblich und nur auf ihren eigenen Vorteil bedacht. Ihr solltet Euch gut überlegen, ob es Euch erfüllen kann, einem selbstverliebten Egozentriker zu dienen. Solltet Ihr daran interessiert sein, bei mir in die Lehre zu gehen, so findet Euch morgen um 19 Uhr auf meiner Burg ein. Ihr werdet es sicher nicht bereuen. Ihr solltet jedoch der Ehrlichkeit halber wissen, dass ich wahrscheinlich gerade dabei bin, mein Herz an eine andere Frau zu vergeben.«

»Hätte ich denn einen Grund, Euch zu fürchten, Christoph von Treuborn? Wie es scheint, habt Ihr keine gute Meinung von Königen sowie von einigen anderen Menschen. Da auch mein Herz bereits vergeben ist, stellt dies keinerlei Problem für mich da. Ich hoffe für Euch, dass sie die richtige Wahl ist und Euch glücklich machen wird.«

»Nun, man sagt mir nach, ich sei ein Sadist, und ich kann gewisse derartige Züge nicht leugnen. Bisher haben jedoch alle Damen, die mich besucht haben, meine Burg lebend und ohne Reue wieder verlassen. Ihr habt Recht. Es gibt nur wenige Menschen, von denen ich eine gute Meinung habe. Ich erwarte Euch morgen Abend. Seid pünktlich. Ansonsten gibt es sofort eine Kostprobe meiner sadistischen Neigungen«, sagte er grinsend.

»Ich danke Euch für die Einladung und werde mich pünktlich einfinden.«

Er blickte ihr noch einmal tief in die Augen, drehte sich um und teilte die Menschenmenge, die sich hinter ihm wieder schloss. Die Marktfrau von gestern, die das Gespräch beobachtet hatte, schüttelte ungläubig den Kopf und schaute Evangelina noch lange hinterher.

KAPITEL 10

Am Abend bereitete sich Evangelina in ihrer Unterkunft gedanklich auf den nächsten Tag und Abend vor. Sie war entschlossen, so viel wie möglich von Christoph von Treuborn zu lernen. Er hatte ihr keine Anweisungen zu Kleidung, Schuhen, Schminke usw. gegeben. Sicherheitshalber packte sie eine Auswahl an Gewändern zusammen. Sie hatte nicht die geringste Ahnung, was auf sie zukommen würde. Es blieb ihr also nichts anderes übrig, als mit wachem Verstand so viel wie möglich aufzunehmen. Daher war es wichtig, dass sie ausgeschlafen war. So ging sie also zeitig zu Bett und schlief bis zum späten Vormittag des nächsten Tages. Nach dem Frühstück putzte sie Hymnus heraus und fütterte ihn. Den Nachmittag widmete sie gänzlich ihrer Körperpflege. Sie nahm ein ausgedehntes Bad mit Kräutern, die sie beruhigen sollten. Doch die Wirkung wollte sich nicht so recht einstellen. Je näher der Abend rückte, desto aufgeregter wurde sie. Inzwischen besaß sie ein kleines Sortiment an Cremes und Schminkutensilien sowie Haarnadeln und -bändern. Evangelina cremte sich sorgfältig ein und schminkte sich dezent. Anschließend kleidete sie sich an und bürstete ihr Haar. Sie beschloss, es offen zu tragen. Dies gefiel Maximilian, also würde es auch sicher Christoph gefallen. Da zum Nachmittag hin dichter Nebel aufgezogen war, sattelte sie Hymnus früher als geplant, um keinesfalls zu spät zu erscheinen. Es waren mehrere Kilometer von der Stadt bis zur Burg und in dem dichten Nebel würde sie nur im Schritt reiten können. »Bring mich zur Burg von Christoph von Treuborn. Ich bin sicher, du wirst die Nacht in einem schönen Stall verbringen, Hymnus. Fragt sich nur, wo und wie ich die Nacht verbringen werde.« Hymnus setzte sich langsam in Bewegung. Der Nebel war so dicht, dass sie kaum die eigene Hand vor den Augen sah. Hätte Yeduri sie nicht begleitet, so wäre sie vor lauter Angst wieder umgedreht. Bisher war sie nur bei Tageslicht geritten. Doch Yeduri und Hymnus gaben ihr Sicherheit. Hymnus wusste, wohin er seine Füße setzen musste, und brachte sie wohlbehalten ans Ziel. Vor dem Burgtor wurde sie von einem Wachmann in Empfang genommen.

»Mein Herr erwartet Euch schon. Ich bringe das Pferd und den Hund in den Stall.«

»Nichts für ungut, aber das mache ich lieber selbst.«

»Wie Ihr wünscht. Ich werde Euch begleiten.«

Sie brachten Hymnus und Yeduri in den Stall. Für Hymnus war bereits eine Box mit frischem Stroh, Wasser und einem Berg Heu vorbereitet und auch für Yeduri war bestens gesorgt.

»Folgt mir. Ich bringe Euch nun zu meinem Herrn.«

»Kann mein Hund mitkommen? Er begleitet mich überallhin.«

»Nein, das geht nicht. Mein Herr ist ein Katzenfreund und wäre sehr erzürnt, wenn seine Katzen verängstigt würden. Glaubt mir, Ihr möchtet ihn sicher nicht wütend erleben.«

»Na gut. Du hast es gehört, Yeduri. Wir sind hier Gast und wollen den Gastgeber keinesfalls verärgern. Warte zusammen mit Hymnus, bis ich zurückkomme und sei unbesorgt.«

Sie durchquerten den Innenhof und betraten das Hauptgebäude. Der Wachmann brachte sie bis in den ersten Stock. »Folgt dieser Treppe bis ganz nach oben. Dort werdet Ihr ihn finden.«

Sie schaute ihn fragend an.

»Das oberste Stockwerk ist nur für geladene Gäste. Für alle anderen ist es tabu. Ich wünsche Euch einen angenehmen Aufenthalt.« Er ging wieder nach draußen.

Sie sah sich um und zögerte kurz. Was sie wohl dort oben erwarten würde?

»Warum so zögerlich? Es wird dir nichts widerfahren, was du dir nicht wünschst«, sprach Christoph von oben herab.

Nun gab es kein Zurück mehr. Langsam stieg sie die Stufen hinauf. Er kam ihr entgegen und nahm ihr das Gepäck ab.

»Wie es scheint, willst du länger bleiben. In diesem Zimmer kannst du deine Sachen abstellen und auch hier übernachten, wenn du deine ersten Lektionen gelernt hast. Zuerst trinken wir aber einen Kaffee zusammen.«

Sie sah sich um. Links von der Tür war ein breites, hohes Bett, das Platz für mehrere Personen bot. Daneben standen ein Schreibtisch und ein Stuhl. Gegenüber dem Bett befand sich ein breiter majestätisch anmutender Holzstuhl. Dahinter loderte das Feuer im offenen Kamin. Links davon stand ein Käfig und an der Wand daneben war ein hölzernes Andreaskreuz befestigt. An der Wand rechts neben der Tür hingen diverse Rohrstöcke, Handschellen, Ketten und Seile.

Er strich ihr sanft mit dem Handrücken über die Wangen. »Na, aufgeregt?«, fragte er.

»Ein wenig«, antwortete sie und versuchte ruhig zu wirken.

»Das ist normal und gehört dazu.« Er reichte ihr eine Tasse Kaffee.

»Was hast du denn alles dabei?«

»Ihr habt mir keine Anweisungen bezüglich Kleidung, Schuhen usw. gegeben. Daher habe ich einfach mal eine Auswahl an Gewändern und Schuhen zusammengepackt, die ich Euch präsentieren möchte, damit Ihr wählen könnt.«

Er musste grinsen. »Na, so etwas ist mir bisher auch noch nicht passiert. Gut, dann machen wir zuerst eine Modenschau. Du brauchst mich übrigens auch nicht zu siezen und vor allem solltest du mich nicht mit ›Herr‹ ansprechen. Das mag ich überhaupt nicht. Dieses affige Gehabe vieler Möchtegern-Dominanten finde ich völlig albern. Nenn mich einfach Christoph.«

Sie war etwas irritiert, versuchte es sich aber nicht anmerken zu lassen. König Maximilian hatte sie gelehrt, dass gerade die Sprache sowie eine angemessene Wortwahl und Anrede von grundlegender Bedeutung für das Band zwischen Herrn und Lustweib waren. Offenbar tickte dieser Herr, den sie nicht einmal »Herr« nennen durfte, völlig anders. Es stand ihr jedoch nicht zu, ihn und seine Entscheidungen in Frage zu stellen. So viel hatte sie bereits verinnerlicht. Sie trank ihren Kaffee aus und bat darum, sich kurz frisch machen zu dürfen. Er zeigte ihr das Badezimmer. Als sie zurückkam, saß er aufrecht in seinem Holzstuhl. Wieder erinnerte er sie an Maximilian. Dieselbe stolze Körperhaltung, seine Muskeln schienen noch etwas stärker zu sein als die des Königs und spannten sich unter seinem Gewand.

»Nun präsentiere mir deine Auswahl.«

Sie schlüpfte nacheinander in alle Gewänder und Schuhe, die sie mitgebracht hatte, und er gab zu jedem einzelnen sein Urteil ab.

»Das war in der Tat erfrischend anders und sehr anregend. Meine Entscheidung ist gefallen. Du brauchst kein Gewand. Es ist warm genug hier drinnen. Ich will dich von Anfang an nackt sehen. Und nun tritt näher. Du bist hier, um zu lernen, ein gutes Lustweib zu werden. Wie du siehst, gibt es verschiedenen Arten von Stöcken. Das hier sind Manilas. Es gibt sanfte und weniger sanfte Rohrstöcke aus Holz. Manche sind für hellen, andere für dumpferen Lustschmerz.

Je nachdem, was du gerade brauchst. Sie hinterlassen unterschiedliche Spuren auf deinem Körper, die meist schnell wieder verschwinden. Doch in deiner Erinnerung wirken sie noch lange nach.«

Er drückte sie mit dem Gesicht gegen die Wand und verpasste ihr ohne weitere Ankündigung einen Schlag mit einem der Stöcke auf ihr Hinterteil. »Das war die sanfte Variante.«

Sie schluckte und konnte langsam erahnen, was ihr bevorstehen würde.

»Nun zieh dich aus, stützte dich mit den Armen auf dem Bett ab und strecke mir dein Hinterteil entgegen.«

Sie tat, was er sagte. Er ließ sie nacheinander verschiedene Stöcke spüren und beobachtete ihre jeweilige Reaktion darauf.

»Geht es dir gut?«, fragte er.

»Ja, es geht mir gut«, antwortete sie, leicht verwundert über diese Frage.

»Soll ich weitermachen? Du kannst jederzeit aussteigen.«

»Ich möchte nicht aussteigen, sondern weiter lernen.«

»Ganz wie du wünschst.« Er verband ihr die Augen und hängte die Rohrstöcke sorgfältig wieder an die Wand.

»Knie dich aufs Bett«, befahl er. Er konnte sehen, dass sie bereits tropfnass war. Dennoch wollte er nichts überstürzen. Sie war schließlich noch un-

erfahren in dieser Welt, sodass ein paar vertrauens-
bildende Maßnahmen sicher kein Schaden wären. Er
gab ihr einen sanften Klaps mit der flachen Hand auf
den Po und drehte sie auf den Rücken, sodass sie entspannt liegen konnte. Er winkelte ihre Beine an und
drückte sie auseinander. Sein Gesicht fand ohne Um-
wege den Weg in ihren Schoss. Er bearbeitete ihren
Kitzler mit der Zunge, mal sanft, mal fordernder, und
bereitete ihr so gleich mehrere Orgasmen hinterein-
ander. Nach jedem machte er eine kurze Pause, ließ
ihre Erregungskurve sinken, um sie dann wieder an-
steigen zu lassen, bis sie ihren nächsten Höhepunkt
erreichte. Sie bat ihn um eine kurze Erholungspause,
die ihr gewährt wurde. Er nahm ihr die Augenbinde
ab. Vor ihren Augen entkleidete er sich nun ebenfalls. Sie hatte sich nicht getäuscht. Seine Muskeln
waren extrem ausgeprägt und stahlhart. Diverse Tä-
towierungen zierten seinen Oberkörper.

»Nun sind die Kinderspiele zum Aufwärmen vorbei
und ich zeige dir meine Welt. Komm her.« Er drückte
sie auf die Knie und baute sich vor ihr auf.

Sie wusste, was sie zu tun hatte.

»Das machst du gut. Ein bisschen was hat dir dein
König offensichtlich schon beigebracht.«

Er genoss noch eine Weile ihre Berührungen, bevor er ihr erneut die Augen verband und sie zum
Bett führte. Er drückte ihren Oberkörper aufs Bett
und nahm eines der Seile. Er band ihr die Hände auf
dem Rücken zusammen, führte das Seil über ihren

Rücken um ihren Hals und wieder zurück zu ihren Händen. Sie bewegte leicht ihre Handgelenke. Sofort übertrug sich die Bewegung auf ihren Hals und sie verspürte einen unangenehmen Druck, sodass sie beschloss, sich lieber möglichst nicht zu bewegen. Er stellte sich direkt hinter sie, drückte sie weiter nach vorne und schob ihre Beine auseinander, sodass er sehen konnte wie sie vor Lust tropfte. Ohne Vorwarnung drang er direkt in sie ein und nahm sie sofort hart und schnell. Kurz bevor sie zum Höhepunkt kam, stoppte er. Dieses Spiel wiederholte er mehrmals, wobei er sie jedes Mal etwas härter und etwas schneller nahm.

»Geht es dir gut?«, fragte er abermals.

»Es geht mir ausgezeichnet«, war ihre Antwort.

Dies veranlasste ihn dazu, sie nun richtig hart zu nehmen. Dabei grub er seine kraftvollen Hände so in ihre Pobacken, dass es sie schmerzte. Gleichzeitig bereitete es ihr höchste Lust, ihn so stark zu spüren, und sie erlebte einen sehr intensiven Höhepunkt.

Christoph verließ kurz darauf den Raum und kam nach wenigen Minuten zurück. Er legte neben ihr einen größeren Gegenstand ab. Es schien ein Koffer zu sein. Er öffnete diesen und baute irgendetwas zusammen.

»Jetzt wird es ernst. Was er wohl vorhat?«

Sie musste nicht allzu lange rätseln. Er zog ihre Pobacken auseinander und sie verspürte einen ungewohnten Druck, während er geschickt einen metallenen Gegenstand in ihren Po einführte.

»*Das kann doch nicht wahr sein. Nun wundert es mich nicht mehr, dass gemunkelt wird, er habe sonderbare Neigungen. Das habe ich nun davon. Immerhin wurde ich vor ihm gewarnt.*«

Wieder und wieder verspürte sie nun einen stärker werdenden Druck, bis er den Gegenstand wieder entfernte. Nun fühlte sie seinen harten Penis, der eindeutig dasselbe Ziel hatte.

»Ich glaube, das verschieben wir auf ein anderes Mal. Du bist noch nicht so weit«, meinte er nach einer Weile.

Einerseits war sie erleichtert, andererseits aber auch neugierig auf dieses ihr noch unbekannte Erlebnis. Evangelina war etwas enttäuscht, dass es verschoben werden sollte. Sie wusste nicht, ob sie Christoph wiedersehen würde. Daher wollte sie jetzt so viel wie möglich von ihm lernen. Sicherlich würde auch Maximilian diese Spielart praktizieren wollen, sodass es nur vorteilhaft sein könnte, wenn sie diese schon einmal kennengelernt hätte. Christoph schien ihre Gedanken lesen zu können. Nachdem er ihr nochmals einen intensiven vaginalen Orgasmus bereitet hatte, begann er sich erneut um ihren Po zu kümmern. Sie versuchte sich zu entspannen und mitzuarbeiten, denn sie wollte es unbedingt jetzt erleben. Als sein Druck stärker wurde, gab sie ihm Gegendruck, um ihn zu empfangen. Er war sehr geduldig mit ihr und nach einer Weile war es geschafft. Sie spürte seine Männlichkeit in ihrem Po. Es war zunächst ein befremdliches Gefühl. Sie wagte nicht, sich zu bewegen.

»Eigentlich sollte ich mich dafür schämen. Doch nie zuvor hatte ich das Gefühl, einem Mann derart große Lust bereiten zu können. Und das alleine verschafft mir selbst die höchstmögliche Befriedigung.«

Er fing an, sich langsam in ihr zu bewegen. Sie ließ es einfach geschehen und versuchte, sich seinem Rhythmus anzupassen. Schon nach kurzer Zeit war sie deutlich entspannter und er steigerte Tempo und Härte seiner Stöße.

»Geht es dir gut?«, wollte er erneut wissen, denn es war ihm klar, dass sie eindeutig jenseits ihrer bisherigen Grenzen war.

»Es geht mir blendend«, versicherte sie ihm.

So nahm er sie schließlich so, wie es ihm gefiel. Immer härter und schneller besorgte er es ihr, bis sich seine unbändige Energie in einem lang andauernden und animalischen Orgasmus entlud, den sie mindestens ebenso genoss wie er.

KAPITEL 11

Er band sie los.

»Geh ins Bad und mach dich frisch. Wenn du zurück kommst, kannst du das schwarze Gewand mit der silbernen Bestickung anziehen. Wir gehen jetzt zu einer Party.«

Sie tat, was er sagte, und schüttelte innerlich mit dem Kopf. »Wir gehen jetzt zu einer Party? Das ist wirklich unfassbar. Ich habe gerade die beeindruckendste sexuelle Erfahrung meines Lebens gemacht und er will jetzt zu einer Party gehen. Irgendwie etwas unpassend. Ich weiß gar nicht, ob ich dazu in der Lage bin, so wie er mich ran genommen hat. Aber es bleibt mir wohl nichts anderes übrig, als mich in mein Schicksal zu fügen.«

Eine halbe Stunde später waren sie bereits mit der Kutsche unterwegs. Nach weiteren 15 Minuten waren sie angekommen. Christoph wies den Kutscher an zu warten, bis sie wieder nach Hause wollten. Sie gingen die Treppe zum Keller eines großen Gebäudes hinunter, aus dem bereits laute Musik drang. Man schien Christoph hier zu kennen. Er wurde respektvoll von den Bediensteten begrüßt und, genau wie auf dem Marktplatz, machten alle übrigen Personen ihm wie selbstverständlich den Weg frei. Es war düster in dem Raum und die Musik war sehr laut. Die Tanzfläche war voll. Männer und Frauen tanzten wild durcheinander. So etwas hatte sie noch nie zuvor gesehen. Er brachte ihr einen Cocktail.

»Wenn du willst, kannst du tanzen. Ich tanze nicht. Ich spreche hier auch normalerweise mit niemandem, sondern komme nur wegen der Musik hierher. Für gewöhnlich bringe ich auch keine Frauen mit.«

»Werdet Ihr gelegentlich hier angesprochen?«

»Nein, ich strahle aus, dass ich nicht angesprochen werden möchte. Heute Abend werde ich mich aber ausnahmsweise unterhalten, denn schließlich bin ich ja in charmanter Begleitung. Außerdem wird später noch ein Bekannter hier auftauchen, der meinen Rat wünscht.«

Kurze Zeit später kam ein kleiner, untersetzter Mann mittleren Alters auf sie zu. Er stellte sich freundlich als Michael vor und unterhielt sich dann mit Christoph. Sie konnte wegen der lauten Musik nicht hören, worüber sie sprachen. Als Christoph für eine Weile verschwand, nutzte sein Bekannter die Gelegenheit, um Evangelina vor ihm zu warnen.

»Ich weiß wirklich nicht, warum alle Frauen so auf ihn fliegen. Er hat keine Gefühle und bindet sich an niemanden. Ich kann Euch nur vor ihm warnen. Ihr seid wirklich bezaubernd. Wenn mein Herz nicht bereits vergeben wäre, so würde ich Euch jetzt den Hof machen.«

»Das ist sehr edel von Euch, Michael. Christoph hat mich jedoch bereits selbst vor sich gewarnt. Ich werde mein Herz nicht an ihn verlieren, denn es gehört schon jemand anderem. Ich möchte lediglich von ihm lernen.«

Als Christoph zurückkam, unterhielten sich die beiden Männer noch kurz und dann verabschiedete sich sein Bekannter.

»Ich wünsche Euch viel Glück und Erfolg bei Eurem Vorhaben, Lady Evangelina. Vielleicht sieht man sich mal wieder.«

»Ja, vielleicht«, antwortete sie höflich und war froh, dass er ging, denn seine Anwesenheit war ihr unangenehm.

»Irgendwie tut er mir leid«, erklärte Christoph. »Ständig will er von mir wissen, wie ich das mache, dass die Frauen mir so zugetan sind, und fragt mich, was er tun kann, um dieselbe Wirkung auf Frauen zu haben. Egal wie ich versuche, es ihm zu erklären, er kann oder will es einfach nicht verstehen. Es geht nicht darum, etwas Bestimmtes zu tun, sondern darum, jemand Bestimmtes zu sein. Man muss eins mit sich selbst sein und sich nicht ständig selbst anzweifeln. Dann klappt es auch mit dem anderen Geschlecht. Eigentlich ganz einfach. Viele Menschen denken nur zu kompliziert. Sie suchen nach Strategien, um andere zu überzeugen, weil sie selbst nicht von sich überzeugt sind.«

Nein, Christoph schien wahrlich nicht von Selbstzweifeln geplagt zu sein. Niemand konnte sich seiner Aura entziehen und ganz offensichtlich wusste er dies so zu nutzen, wie es ihm gerade beliebte. Er legte seine Hände um ihre Hüften und gemeinsam beobachteten sie das Geschehen auf der Tanzfläche. Nach einer Weile zog er sie auf eine Bank neben dem Eingang und küsste sie immer wieder leidenschaftlich. Offensichtlich hatte er noch längst nicht genug. Das wohlige Kribbeln, das sich langsam in ihrem Lustzentrum ausbreitete, war ein klares Signal, dass auch sie bereit für eine Fortsetzung war.

Evangelina genoss es sehr, sich mit diesem Mann, den alle sahen und beachteten und den niemand anzusprechen wagte, in der Öffentlichkeit zu bewegen. Christoph spürte dies und es bereitete ihm seinerseits Vergnügen, sie weiter über ihre Grenzen zu führen. Während er sie küsste, öffnete er die oberen Knöpfe ihres Gewandes und berührte ihren Busen.

Sie wurde kurz steif. *»Es ist unglaublich. Wir sind mitten auf einer Party. Was er sich wohl dabei denkt? Wahrscheinlich denkt er gar nicht. Er tut offensichtlich einfach immer genau das, was er gerade will. Kein Wunder. Er bekommt ja auch von niemandem Gegenwehr. Ich habe auch keine Lust, ihn zu stoppen. Dazu ist es gerade viel zu aufregend. Noch nie habe ich mich so begehrt gefühlt wie in diesem Moment.«*

Sie entspannte sich wieder. Süffisant lächelnd nahm sie die Herausforderung an. Sie drehte seinen Kopf in ihre Richtung und küsste ihn ebenso fordernd wie er sie. Nach zwei weiteren Cocktails verließen sie die Veranstaltung. Die Kutsche stand noch an derselben Stelle.

»Hattet Ihr und Eure Begleitung einen angenehmen Abend?«, fragte der Kutscher höflich.

»Den hatten wir und er ist noch lange nicht zu Ende«, antwortete Christoph, während seine Hand direkt zu Evangelinas Schoß wanderte. Er sah sie provozierend von der Seite an.

»Bei diesem Mann wundert mich nichts mehr. Er wird seinem Ruf mehr als gerecht. Mich kennt hier niemand. Ich brauche mich also nicht zurückzuhalten. Wenn ich ihn verkraften kann, wird mich wohl nichts und niemand mehr erschüttern können und ich werde das perfekte Lustweib für meine Hoheit sein.« Sie erwiderte seinen Blick nicht minder provozierend.

Zurück auf der Burg kam sie dieses Mal nicht bis in den zweiten Stock. Er zog sie im ersten Stock in sein Kaminzimmer, riss ihr das Gewand vom Leib, drückte sie auf das Sofa und kam sofort zur Sache. Erst nahm er sie in der Missionarsstellung. Dies gefiel ihr, denn so konnte sie seinen extrem muskulösen Körper gut sehen und ihn auch berühren, wo immer es ihr beliebte. Er ließ es im Gegensatz zu König Maximilian, den sie erst bitten musste, ihn anfassen zu dürfen, geschehen. Nach einer Weile drehte Christoph sie unsanft um.

»Runter!«, befahl er und drückte sie flach auf das Sofa.

Er zog ihre Pobacken auseinander und drang dieses Mal forsch in sie ein. Es schmerzte ein wenig, doch das interessierte ihn nicht. Anscheinend war er der

Meinung, dass er sie vor der Party ausreichend auf den Teil nach der Party vorbereitet hatte. Fast ohne Unterbrechung ging es so den Rest der Nacht weiter. Abwechselnd nahm er sie von vorne in der Missionarsstellung oder sie musste ihn reiten. Dann war ihr Po wieder dran. Sie stellte zu ihrer eigenen Verwunderung fest, dass es mit jedem Mal weniger schmerzte und sie immer gieriger danach wurde.

»Dein Hintern wird nass vor lauter Geilheit. So etwas habe selbst ich noch nicht oft gesehen. Du wirst sehr bald das beste Lustweib sein, das sich ein Mann wünschen kann.«

Diese Worte machten sie nur noch heißer. Maximilian hatte ihr mal etwas von Analorgasmen erzählt, was sie damals für völlig ausgeschlossen gehalten hatte. Jetzt konnte sie sich bestens vorstellen, dass dies mit etwas Übung und Erfahrung auch für sie möglich wäre.

»Es muss ein wundervolles Gefühl sein, dies erleben zu dürfen. Heute bin ich wohl noch nicht so weit. Aber vielleicht werde ich es irgendwann mit Maximilian teilen können.«

Kurz vor dem Morgengrauen war Christoph endlich gesättigt.

»Nun kannst du dich in dein Zimmer in der oberen Etage zurückziehen. Ich werde hier übernachten. Ich schlafe für gewöhnlich nur zwei bis drei Stunden, also wundere dich nicht, wenn du mich schon bald wieder umherwandern hörst. Wenn du ausgeschlafen hast, kommst du wieder runter.«

Sie ging wortlos nach oben. *Das ist in der Tat befremdlich. Ich stehe ihm die ganze Nacht als Lustweib zur Verfügung und zur Belohnung darf ich dann alleine schlafen. So etwas hätte es bei Maximilian nicht gegeben.«*

Sie legte sich in das Bett, welches für eine Person viel zu groß war, und deckte sich zu. Das Feuer war inzwischen ausgegangen und das erste Morgenlicht strahlte schon durchs Fenster. Sie war zu aufgewühlt, um zu schlafen. Tausend Gedanken schossen ihr durch den Kopf. Nach einer Weile fröstelte sie, obwohl sie bis zum Hals zugedeckt war. Zum Glück erbarmte sich eine der Katzen von Christoph und spendete ihr etwas Wärme. Gegen 9 Uhr wachte sie auf und stellte fest, dass sie doch wenigstens eine Stunde geschlafen haben musste. Christoph war unten, wie angekündigt, schon zu hören. Sie blieb noch eine weitere Stunde liegen und dachte nach. Dann stand sie auf und packte all ihre Sachen zusammen. Als sie dies erledigt hatte, ging sie nach unten.

»Guten Morgen, hast du gut geschlafen?«, fragte er.

»Nicht wirklich, ich schlafe nie gut in fremden Betten.«

Er reichte ihr einen Kaffee.

»Warum tut Ihr all diese Dinge mit Frauen?«, wollte sie wissen.

»Weil ich es kann und weil es mir Lust bereitet und weil ich weiß, dass es auch den Frauen Lust bereitet, wenn sie ihre anfängliche Scheu erstmal überwunden haben. Viele werden sogar regelrecht süchtig danach und blühen richtig auf, wenn sie in eine Welt ohne Tabus eintauchen dürfen. Das ist wohl meine Bestimmung – Frauen von unnötigen Tabus zu befreien. Ich lege ihnen meine Fesseln an und befreie sie gleichzeitig von den Fesseln, die sie sich selbst und die Gesellschaft ihnen angelegt haben. Ich nehme sie hart ran und löse damit ihre Blockaden. Das verschafft mir eine große Befriedigung, doch zahle ich einen hohen Preis dafür. Ich bin seit langem unfähig zu lieben. Ich habe nur zwei Mal in meinem Leben wirklich geliebt. Meine Ehefrau, die mich nach vielen Jahren verlassen hat, und meine erste Geliebte, mit der ich diese besondere Welt der Lust gemeinsam entdeckt habe.«

»Was ist mit Eurer Geliebten passiert?«

»Auch sie hat mich verlassen, weil sie einfach nicht glauben wollte, dass ich sie aufrichtig liebe und dass sie meine Nummer Eins ist. Es gab keine Nummer Zwei. Meine Frau hatte zu dieser Zeit längst einen anderen Mann. Doch meine Geliebte war immer noch eifersüchtig auf sie und hat mir nicht vertraut. Seit sie gegangen ist, bin ich nicht mehr in der Lage zu lieben. Seit einiger Zeit haben wir wieder Kontakt. Sie will mich zurück haben, denn mit keinem Mann nach mir hat sie jemals wieder solche Lust und Leidenschaft erleben dürfen, schrieb sie mir. Sie hat es noch ein paar Mal mit anderen Männern versucht. Doch die Welt des BDSM – so nennt man übrigens das, was du gerade für dich entdeckst – ist für sie an meine Person gebunden. Sie kann und will es mit niemand anderem leben. Sie akzeptiert, respektiert und wünscht sich eine solche Behandlung nur durch mich. Inzwischen ist sie verheiratet und hat ein kleines Kind. Darum halte ich mich fern von ihr. Ich werde nicht eine ganze Familie ins Unglück stürzen.«

»Aha, diese Welt hat also einen Namen. Was bedeutet BDSM?«

»Hat dir das dein König nicht erklärt? Wir sind keine psychisch kranken Perversen, auch wenn diejenigen, denen diese Welt verschlossen bleibt, uns dafür halten. Es gibt ganz klare Regeln für das Spiel von Dominanz und Unterwerfung, auch wenn es sehr individuell ausgelebt wird. Die Abkürzung kommt aus dem Englischen und steht für die Begriffe Bondage and Discipline (Fesselung und Disziplinierung), Dominance and Submission (Dominanz und Unterwerfung) sowie Sadism and Masochism (Sadismus und Masochismus). In allen höfischen Bibliotheken wirst du Literatur dazu finden, denn bei Hofe ist diese Spielart sehr verbreitet. Hier müssen sich die Menschen keine Gedanken darum machen, wie sie am nächsten Tag satt werden, sondern können sich ganz und gar ihrer Wollust widmen.«

Sie hörte gebannt zu. »Ja, Regeln habe ich sehr viele von König Maximilian bekommen. Er sagte mir außerdem, er wisse, was er von mir verlange und sei sich seiner großen Verantwortung bewusst.«

»Das solltest du von einem König auch erwarten dürfen«, meinte Christoph knapp.

»Was ist mit Eurer neuen Frau? Ihr sagtet mir doch, dass Ihr gerade dabei seid, Euer Herz an eine Frau zu vergeben. Das hört sich für mich so an als wäret Ihr in sie verliebt.«

Er schüttelte nur den Kopf. »Das ist etwas anderes. Ich liebe sie nicht und ich darf sie auch niemals lieben. Sie ist ebenfalls verheiratet und hat zwei kleine Kinder. Sie ist sehr krank. Mal hat sie gute Phasen und mal weniger gute. Wir wissen nicht, wie viel Zeit uns noch bleibt. Die Zeit, die wir haben, nutzen wir intensiv. So etwas wie mit ihr habe ich selbst noch nie erlebt und ich hatte wahrlich sehr viele Frauen in den letzten Jahren. Zwei Tiere haben sich gefunden. Was ich mit ihr mache, würdest du nicht überleben. Das fällt in den Bereich Sadismus und Masochismus. Ich sagte dir ja bereits, dass ich sadistische Neigungen habe. Sie ist sehr stark masochistisch veranlagt und daher mein perfekter Gegenpart. Das könnte ich mit dir niemals praktizieren. Das entspricht nicht deinen Neigungen. Es liegt in der Verantwortung des dominanten Parts, die Neigungen des devoten Parts zu erkennen und zu fördern. Er darf dem devoten Part jedoch niemals seine eigenen Neigungen aufzwingen. Nur die allerwenigsten Frauen wünschen sich extreme Härte. Egal wie hart ich mit ihr bin, sie will es immer noch härter. Mehr sage ich dazu nicht, sonst bekommst du doch noch Angst vor mir. Ich habe die nächsten paar Stunden dringende Geschäfte zu erledigen. Wenn du willst, kannst du gerne bleiben und dich ein wenig ausruhen. Wenn ich zurück bin, machen wir dort weiter, wo wir in der Nacht aufgehört haben.«

»Ich danke Euch vielmals für dieses Angebot. Ich habe in dieser kurzen Zeit sehr viel mehr von Euch gelernt als ich erwarten durfte. Doch ich sollte nun besser abreisen.«

»Das habe ich mir schon gedacht. Ich habe dich bedauerlicherweise im Kopf nicht erreicht. Wahrscheinlich ist es tatsächlich besser so. Ich wäre sicher nicht gut für dich. Ich habe mich letzte Nacht sehr zurückhalten müssen bei dir. Ich weiß nicht, ob mir das immer gelingen würde.«

Christoph trug ihr Gepäck nach unten und begleitete sie in den Stall. Er sah zu, wie sie Hymnus sattelte. Zum Abschied nahm er sie noch einmal fest in seine starken Arme.

»Du bist nicht Gretel. Sonst hätte ich dich noch nicht einmal geküsst. Und du bist auch ganz sicher nicht die Kopie der Kopie der Kopie. Im Gegenteil: Du bist eine sehr beeindruckende Frau, die ich sehr schätze. Verkaufe dich niemals unter Wert – auch nicht an deinen König, egal wie sehr du ihn liebst. Du weißt, was ich von Königen halte. Daher beachte, was er tut, nicht was er sagt! Ich würde mich sehr freuen, wenn du mir gelegentlich berichten würdest, wie es dir geht und wie du mit deinem Vorhaben vorankommst. Wenn ich dir helfen kann, lass es mich wissen. Ich hoffe und denke, dass ich zumindest ordentlich an deiner Selbstbewusstseinsschraube gedreht habe und einige deiner Blockaden lösen konnte. Das war mir sehr wichtig.«

»Habt Dank, Christoph von Treuborn, für Eure wertschätzenden und ermutigenden Worte. Ich werde Euch und die letzte Nacht ganz sicher niemals vergessen. Ja, an meiner Selbstbewusstseinsschraube habt Ihr ganz enorm gedreht und von meinen Blockaden dürften auch nicht mehr viele übrig sein. Ich werde Euch gerne auf dem Laufenden halten und wer weiß, vielleicht kreuzen sich unsere Wege eines Tages wieder. Morgen werde ich weiter reisen.«

Während Hymnus sie zurück in die Herberge trug, ließ sie ihre Gedanken schweifen.

»Christoph hat Recht. Er hat mich im Kopf nicht erreicht. Seine Sprache in der Welt der Lust und Leidenschaft ist nicht erotisch und blumig wie die meiner Hoheit, sondern derb und einfach, ebenso wie es sein Handeln ist. Dies hat zwar auch einen gewissen Reiz, aber noch mehr Härte als mir letzte Nacht zuteil wurde, wünsche ich mir wahrlich nicht. Wenn er das als sich zurückhalten bezeichnet, dann will ich wirklich nicht wissen, wozu er im Stande ist. Möglicherweise ist das der Unterschied zwischen Ritter und König. Wie sagte meine Hoheit noch gleich? ›Die hohe Kunst in diesem Spiel um Lust und Leidenschaft ist nicht

die Härte, sondern die Sanftheit.‹ Vielleicht beherrschen nur Könige diese hohe Kunst? Christoph war zweifelsohne eine Erfahrung wert und eine große Hilfe für meine Orientierung und Weiterentwicklung als Lustweib. Ich möchte mich jedoch nicht dem Harem eines Ritters anschließen. Er sagte schließlich selbst, ich solle mich nicht unter Wert verkaufen. Nein, ich möchte meinem König wieder dienen und Exklusivität und Geborgenheit genießen. Ich werde weiter hart an mir arbeiten und solange geduldig sein, bis Maximilian meine Fortschritte erkennen und sehen wird, dass ich seiner würdig bin. Falls er mich nicht wieder annehmen wird, so werde ich sicher früher oder später das Herz eines anderen großartigen Königs gewinnen. Mit weniger werde ich mich nicht zufrieden geben.«

KAPITEL 12

Am nächsten Morgen verließ sie die Stadt und reiste weiter Richtung Rheinland. An jedem Ort, an dem sie für ein paar Tage verweilte, machten ihr die einheimischen Männer den Hof. Wie sehr sie sich doch in der kurzen Zeit seit der Begegnung mit Maximilian und Christoph verändert hatte. Wann immer ein Bürgerlicher sie umwarb, war sie zwar höflich, doch gab ihm klar zu verstehen, dass sie kein Interesse hatte. Anfangs zweifelte sie an sich selbst und fragte sich, ob sie nicht doch etwas größenwahnsinnig sei. Doch schnell merkte sie, dass diese Männer, genau wie die Burschen zuhause, sie einfach nur langweilten. Sie waren nett, zuvorkommend, teilweise auch wahre Gentlemen, aber sie trugen einfach keine Leidenschaft in sich. Ein Kuss, der kein Feuer in ihr entfachen konnte, ein Blick, der keine Dominanz versprühte – nein, das war keine Option mehr für sie. Es machte keinen Sinn, noch mehr Zeit mit Männern zu verschwenden, deren Präsenz schwächer war als die ihre und die sich ihrer Sache selbst nicht sicher waren. Eher würde sie sich dem Harem von Christoph anschließen und noch mehr Härte erdulden.

So schrieb sie ihm den ersten Brief: »Lieber Christoph, meine Ausbildung zum Lustweib und zur Edeldame ist wirklich ein schwieriges Unterfangen. Nach meiner Erfahrung mit König Maximilian und mit Euch ist die Messlatte extrem hoch. Bisher ist mir kein Mann mehr begegnet, dem ich mich diesbezüglich anvertrauen möchte und dem ich zutrauen würde, mir noch etwas beibringen zu können. Somit liegt meine Ausbildung zum Lustweib derzeit auf Eis und ich kann nur hoffen, dass es ausreichen wird, Maximilian meine ganze Hingabe, Aufmerksamkeit und Liebe zu schenken, falls wir uns wieder begegnen werden. Ich habe daher beschlossen, mich nun voll und ganz auf meine Ausbildung zur Edeldame zu konzentrieren. Dies dürfte wesentlich zeitaufwändiger und schwieriger sein, als ein gutes Lustweib zu werden. Ich hoffe, es geht Euch gut und Ihr genießt die Zeit mit Eurer bevorzugten Gefährtin.«

Bereits wenige Tage später hatte sie eine Antwort von Christoph: »Liebe Evangelina, du solltest dir nicht so viele Gedanken machen. Mit deiner Einschätzung liegst du völlig richtig. Ich kann dir versichern, dass du keine weitere Ausbildung zum Lustweib benötigst, denn du bringst von Natur aus alles mit, was ein gutes Lustweib braucht: Hingabe, Empathie, den Willen zu gefallen, die Bereitschaft, den Partner in den Mittelpunkt zu stellen sowie tiefe Gefühle zu geben und zu empfangen. Du musst nicht erst ein gutes Lustweib werden. Du bist eines. Wenn dein König das nicht erkennt, dann ist er eben ein Volltrottel. Was deine Ausbildung zur Edeldame betrifft, so weiß ich, dass ich dich nicht davon abhalten kann und möchte, auch wenn ich dies persönlich für völlig überflüssig halte. Für mich ist es wichtig, dass Menschen authentisch und aufrichtig sind. Wie sie sich kleiden, frisieren, bewegen und wie sie bei Hofe oder anderswo in der Öffentlichkeit oder im Privaten auftreten, ist mir völlig egal. Teilweise finde ich das Gehabe bei Hofe geradezu lächerlich. Ich bin sicher, du wirst den für dich richtigen Weg finden und gehen. Solltest du mal wieder in der Gegend sein, so wäre es mir ein großes Vergnügen, wenn du mir dieses ›Herr, darf ich-Spiel‹ zeigen könntest. Mit dir könnte ich es mir tatsächlich vorstellen.«

Sie musste schmunzeln. »*Der sadistische und animalische Christoph würde dieses anspruchsvolle und gefühlvolle Spiel mit mir spielen? Ich bin sicher, auch er würde es gut beherrschen, wenn er sich wirklich darauf einlassen würde. Nur solange er seine ebenfalls animalische Gefährtin und zudem einen ganzen Harem hat, kommt dies für mich nicht in Betracht. Aber wer weiß, ob wir nicht irgendwann nach weiteren getrennten Erfahrungen zueinander finden werden? Sollte Maximilian mich nicht mehr wollen und Christoph irgendwann genug von seinem Harem haben und sich eine liebevolle monogame Verbindung mit Tiefgang wünschen, so wäre ich sicherlich eine gute Wahl für ihn. Das scheint er auch zu wissen. Und wer könnte mich wohl besser beschützen als ein Mann, den alle fürchten? Wie auch immer, Christoph von Treuborn hat mir bescheinigt, dass ich ein gutes Lustweib bin. Wenn das jemand beurteilen kann, dann sicher er. Nun kann ich mich also wirklich getrost darauf konzentrieren, mich zur Edeldame zu entwickeln.*«

An diesem Abend arbeitete Evangelina voller Elan einen Plan hierfür aus. Zuerst müsste sie tanzen lernen. Dies gehörte zur Grundausbildung einer Dame und sollte nach und nach für eine selbstsichere und stolze äußere und innere Haltung sorgen. Wenn sie erst einmal selbst davon überzeugt wäre, eine Edeldame zu sein, und dies auch ausstrahlen würde, dann wäre es auch für alle anderen, einschließlich des Königs, ein Leichtes, sie als solche wahrzunehmen und zu respektieren. Eine umfassende Tanzausbildung würde sie jedoch sicher nur in einer großen Stadt erhalten. In den Kleinstädten, die bisher auf ihrem Weg lagen, waren die Möglichkeiten doch sehr eingeschränkt. Ihr Ziel war Köln. Bisher kannte sie die Stadt nur von der Landkarte und aus Büchern. Offen und freizügig sollte es dort vonstatten gehen, so hatte sie gelesen. Kultur und Kunst sollten dort blühen wie nirgendwo sonst im Deutschen Land. Im Volksmund wurde Köln auch die »Stadt der unbegrenzten Möglichkeiten« genannt. Hier würde sie sicher inspirierende Menschen finden, die sie auf ihrem Weg begleiten und unterstützen könnten.

Am nächsten Morgen brach sie auf. In den folgenden Tagen verweilte sie nirgendwo länger, sondern suchte sich lediglich ein Nachtquartier, um direkt bei Tagesanbruch weiter zu reiten. Am zehnten Tage war es dann so weit. Um die Mittagszeit hatte sie ihr Ziel erreicht. Von einem Hügel aus ließ sie ihren Blick über die Stadt streifen, die im Sonnenlicht erstrahlte.

Langsam ritt sie weiter. Nachdem sie das Stadttor passiert hatte, fühlte sie sich wie in einer anderen Welt. Die Leute hier waren in der Tat ganz anders als in den Dörfern und kleinen Städten. In diesem vielfältigen Schmelztiegel würde sie sicher eine Menge lernen und Erfahrungen sammeln können. Sie mietete sich in einer gehobenen Herberge am Stadtrand ein, die neben Stallungen auch über einen großen Auslauf für die Pferde verfügte. Hier würde es auch Hymnus und Yeduri gut gehen, die beide keine beengten Verhältnisse mochten. Am Abend ging sie früh zu Bett, da sie sehr erschöpft von den langen Ritten der letzten Tage war.

Am darauf folgenden Morgen machte Evangelina sich direkt nach dem Frühstück zu Fuß auf den Weg, um die Stadt weiter zu erkunden und ihr Flair in sich aufzusaugen. Sie beobachtete die Menschen, wie sie sich bewegten, wie sie frisiert und gekleidet waren. Sie hörte zu wie sie sprachen und worüber sie sprachen, um zu erfahren, was sie bewegte. Es waren jede Menge Plakate zu sehen, auf denen für die verschiedensten Veranstaltungen geworben wurde, darunter auch Tanzveranstaltungen.

»Ich kann nicht einfach alleine zu einer Tanzveranstaltung gehen. Ich kenne niemanden und außerdem schickt sich das nicht für eine Dame. Vor allem kann ich überhaupt nicht tanzen, sondern muss es erst lernen. Ich muss das Ganze anders angehen. Tanzen lernen kann ich nicht auf einer Tanzveranstaltung. Das ist nicht der rechte Ort

dafür und könnte ziemlich peinlich werden. Ich muss es hinter verschlossenen Türen lernen und brauche unbedingt einen guten Tanzlehrer.«

Sie entschloss sich, eine Anzeige in der Stadtzeitung aufzugeben. Dies erschien ihr als die sinnvollste Lösung. In der Wochenendausgabe erschien folgender Text: »Unerfahrene, jedoch sehr lernwillige junge Frau sucht privaten Tanzlehrer. Das Tanzen gehört zur Grundausbildung einer Dame und bietet eine gute Gelegenheit, sich der Führung eines Herrn anzuvertrauen. Für dieses Ehrenamt wird keine Gegenleistung geboten. Bewerben dürfen sich alle Tänzer mit langjähriger Erfahrung. Zuschriften bitte an Evangelina, Herberge am Stadttor, Zimmer 66.«

KAPITEL 13

Zwei Tage später erhielt sie sage und schreibe einen ganzen Sack voller Briefe. Sie war überwältigt von der Zahl der Zuschriften und wusste zuerst gar nicht so recht wie sie anfangen sollte. Irgendwie musste sie die vielen Briefe ordnen. So legte sie schließlich mehrere Stapel an. Sie sortierte nach Tänzen und nach Qualifikation der Tänzer. Es war unmöglich, all diese Herren zu treffen, die angeboten hatten, sie zu unterrichten. Neben den zahlreichen Hobbytänzern schrieben ihr auch mehrere Männer, die das Tanzen immer noch oder früher einmal professionell betrieben hatten. Ihre erste Verabredung zum Tanzunterricht hatte sie bereits wenige Tage später. Sie traf sich zunächst zum Kaffeetrinken und erzählte dem Herrn – sein Name war Karl – was ihr Anliegen war und dass sie mit dem Tanztraining ihre weibliche Ausstrahlung fördern möchte. Karl war einer von den Hobbytänzern und sehr einfach gestrickt. Er schien nicht wirklich zu verstehen, worauf Evangelina hinaus wollte. Das erschien ihr zunächst auch nicht allzu wichtig. Hauptsache, es wäre ein Anfang gemacht und sie würde endlich die ersten Tanzschritte wagen. Alles andere würde sich schon fügen. Die erste Übungsstunde verlief deutlich besser als sie zu hoffen gewagt hatte. Karl drehte sie in alle möglichen Richtungen und forderte sie schließlich sogar auf, die Augen zu schließen. Nach anfänglichen Bedenken merkte sie schnell, dass sie ihre Augen zum Tanzen nicht brauchte. Im Gegenteil, wenn sie diese geschlossen hielt, konnte sie umso besser fühlen und ganz bei ihrem Tanzpartner sein.

»Trainiere dein Gefühl.« Auch das war eine der Aufgaben, die König Maximilian ihr aufgetragen hatte. Das Tanzen war hierzu perfekt geeignet.

»Das läuft wirklich erstaunlich gut. Wie kommst du nur darauf, dass du nicht tanzen kannst, Evangelina? Ich kann mit dir besser tanzen als mit vielen anderen Frauen. Manche lassen sich überhaupt nicht führen oder sind steif wie ein Brett. Du hingegen lässt dich sehr leicht führen und bist weich. Wir können problemlos auf jeder Tanzveranstaltung mithalten«, meinte Karl begeistert.

»Ja, ich bin selbst überrascht, dass es mir so leicht fällt und sich alles so harmonisch anfühlt. Aber ich denke, dass ich noch nicht so weit bin, auf eine Tanzveranstaltung zu gehen.«

»Das darfst du natürlich selbst entscheiden. Ich unterrichte dich auch gerne weiter im Privaten, denn ich möchte dich noch viel besser kennenlernen. Du bist eine bezaubernde Frau von natürlicher Schönheit. Du brauchst dich nicht zu schminken. Ich verstehe gar nicht, warum du das tun möchtest. Du hattest es bisher nicht nötig und du wirst es auch in Zukunft nicht nötig haben. Die Männer liegen dir auch so zu Füßen.«

Sie verabredeten sich erneut für die darauffolgende Woche.

»Er ist wirklich nett und warmherzig. Leider jedoch ein einfacher Geist. Er versteht nicht einmal ansatzweise, worum es mir geht. Er kann mir das Tanzen beibringen, aber darüber hinaus wird er mich in keiner Weise fördern können. Es ist schön, wenn mir jemand sagt, dass ich gut so bin wie ich bin. Doch ich möchte mich weiterentwickeln. Ich möchte nicht nur gut sein, sondern immer besser werden in allem, was ich tue. Ich möchte mein ganzes, bisher ungenutztes Potenzial ausschöpfen und die bestmögliche Version meiner selbst werden. Das bin ich mir und Maximilian schuldig. Um das zu schaffen, muss ich mich mit Menschen umgeben, die das verstehen und in ihrer Entwicklung bereits weiter fortgeschritten sind als ich, damit sie mich fördern können. Sie sollen mich nicht schonen, sondern mich fordern und mir aufzeigen können, woran ich noch arbeiten muss. Hoffentlich erwartet Karl sich nichts von mir. Mit Komplimenten hat er ja nicht gerade gespart. Vielleicht sollte ich mir aber nicht zu viele Gedanken machen. In meinem Inserat war klar und deutlich zu lesen, dass keine Gegenleistung geboten wird. Übermorgen schon habe ich mein nächstes Tanztraining mit einem professionellen Tanzlehrer. Ich bin gespannt, was er mir sagen und beibringen wird, und ob er versteht, was ich mit dem Tanzen bezwecke und was mein Ziel ist.«

York, so stellte sich ihr zweiter Tanzlehrer vor, war ebenso wenig wie Karl von adliger Herkunft. Er hatte genau wie Karl einen Handwerksberuf, um seinen Lebensunterhalt zu sichern. Doch das Tanzen war seine große Leidenschaft, welche er vor vielen Jahren entdeckt hatte. Seit mehreren Jahren unterrichtete er Frauen und Männer aller Altersklassen und aller gesellschaftlicher Schichten in lateinamerikanischen Tänzen. Mit den üblichen Tänzen, die in Europa verbreitet waren, hatte er nichts am Hut. Stattdessen kam er ins Schwärmen, wenn er von seiner Art von Tanz berichtete.

»Das kannst du nicht mit den langweiligen und steifen Gesellschaftstänzen vergleichen, die du bei Bällen siehst. Diese Art von Tanz versprüht reine Lebensfreude. Du läufst nicht irgendwelche Figuren ab, die du lernst. Deine Aufgabe als Frau ist es zu erfühlen, was der Mann will und wohin er will. Du weißt nie was als Nächstes kommt, sodass es auch niemals langweilig wird. Ein guter Tänzer führt eine Frau überall hin, er präsentiert sie und lässt sie in ihrer Weiblichkeit erstrahlen. Es ist eine sehr innige und intensive Art miteinander zu tanzen. Es ist hocherotisch und, wenn Mann und Frau wirklich miteinander harmonieren, wie Sex auf dem Parkett. Darum haben inzwischen auch die Adligen hierzulande die lateinamerikanischen Tänze für sich entdeckt. Bei offiziellen Bällen wird natürlich der Etikette entsprochen und es werden die üblichen Gesellschaftstänze gezeigt. Aber bei kleinen, erlesenen Veranstaltungen hinter verschlossenen Türen geht es ganz anders und sehr viel freizügiger zu. Ich habe es selbst gesehen.

Normalerweise wird unsereiner ja nicht zu solchen Partys eingeladen, aber als Tanzlehrer kommt man hin und wieder doch unerwartet in den Genuss.«

»Das klingt so als wäre es genau das, wonach ich suche. Ich frage mich nur, ob diese Art von Tanz nicht eher etwas für Fortgeschrittene ist. Ich muss doch zuerst einmal lernen, mich im Rhythmus der Musik zu bewegen und mich führen zu lassen. So viel Selbstsicherheit habe ich noch nicht, dass ich mich tanzend in meiner Weiblichkeit präsentieren könnte.«

York ließ sich jedoch nicht beirren.

»Ach was. Jeder fängt mal klein an. Eigentlich ist es sogar gut, wenn du vorher nicht diese ganzen steifen Gesellschaftstänze lernst. Dann musst du dich gar nicht erst umstellen. Natürlich kannst du dich am Anfang noch nicht präsentieren. Das ist ein langer Weg. Aber mit der Zeit und mit zunehmender Übung wird automatisch dein Selbstbewusstsein als Frau steigen und du wirst immer mehr an weiblicher Ausstrahlung gewinnen. Das kommt von ganz alleine. So, und nun fangen wir an. Nur vom Reden wirst du es nicht lernen.«

Er stellte sich vor sie hin und zeigte ihr den Grundschritt. Anschließend übten sie diesen gemeinsam. Dann zeigte er ihr die ersten Drehungen, links herum und rechts herum, und ließ sie diese mehrmals alleine laufen. Schließlich ergriff er ihre Hände.

»Und nun zusammen. Das klappt doch schon ganz hervorragend. Das ist bereits deutlich mehr als ich von einer Tanzschülerin in der ersten Stunde erwarte. Im Übrigen lässt du dich ganz hervorragend führen. Das sind optimale Voraussetzungen. Du hast wirklich Talent. Das, was wir heute gemacht haben, kannst du nun täglich üben. Ich werde erst in vier Wochen wieder Zeit haben. Im Moment habe ich sehr viel zu tun. Ich habe große Pläne, eventuell will ich irgendwann ganz vom Tanzunterricht leben können. Daher reise ich regelmäßig ins Ausland, um mich intensiv fortzubilden.«

Evangelina bedankte sich bei ihm für den Unterricht und versprach, fleißig zu üben.

»York hat auf jeden Fall verstanden, worum es mir geht. Seine Art von Tanz kann mich sicherlich stärker in meiner Weiblichkeit fördern als alle anderen. Über das Tanzen hinaus wird auch er mich leider nicht bei meiner Ausbildung zur Edeldame unterstützen können. Aber das ist auch derzeit nicht wichtig. Ich sollte einen Schritt nach dem anderen machen. Sobald ich etwas besser tanzen kann, werde ich mich um die anderen Dinge kümmern. Ich hoffe nur, er wird überhaupt die Zeit finden, mich regelmäßig zu unterrichten. Wie es scheint, ist er ausgerechnet jetzt sehr beschäftigt mit seiner eigenen Weiterentwicklung. Wir werden sehen. Zunächst einmal werde ich meine zweite Übungsstunde mit Karl absolvieren.«

Karl brachte Evangelina bei ihrem nächsten Treffen den zweiten Tanz bei, den er in seinem Repertoire hatte, und wiederholte mit ihr den Tanz vom letzten Mal. Er umwarb sie noch intensiver als bei ihrer ersten Begegnung.

»Es ist so schön, Zeit mit dir zu verbringen, Evangelina. Du bist so herzlich, natürlich und unkompliziert, dass ich mich einfach in dich verliebt habe.«

Sie war keineswegs verwundert. Anzeichen dafür gab es mehr als genug.

»Karl, ich mag dich sehr, aber du weißt doch, dass mein Herz dem König gehört. Ich kann und möchte mich nicht mit einem anderen Mann einlassen, sondern mich ausschließlich meiner Tanzausbildung sowie meiner Ausbildung zur Edeldame widmen.«

»Ja, das hattest du bereits gesagt. Aber ich verstehe das nicht so ganz. Den König kannst du nicht haben. Warum verschließt du dich also vor anderen Männern, die dich im Gegensatz zu ihm auf Händen tragen würden? Das Tanzen bringe ich dir doch gerade bei. Und was das mit der Edeldame auf sich hat, leuchtet mir nicht ein. Du bist die edelste Dame, die mir je begegnet ist. Ich kann nur hoffen, dass auch du Gefühle für mich entwickeln wirst, wenn du mich erst einmal besser kennengelernt hast.«

»Ich erwarte auch nicht, dass du das verstehst, Karl, aber es ist im Moment sehr wichtig für mich und es fühlt sich richtig an. Daher tue ich das, was ich tun muss, und ich möchte nicht, dass du dir Hoffnungen machst, die sich nicht erfüllen werden. Mehr als eine gute Freundin werde ich niemals für dich sein können.«

Abermals lief alles bestens beim Tanzen und sie meisterte sogar einen kompletten Tanz mit geschlossenen Augen. Daher schlug Karl erneut vor, zusammen eine Tanzveranstaltung zu besuchen. Schließlich gab sie seinem Drängen nach und meinte, sie würde sich bei ihm melden, sobald es ihre Zeit erlaube, denn noch immer hatte sie eine Menge damit zu tun, die vielen Zuschriften zu beantworten. Neben Angeboten zum Tanzunterricht gab es auch Einladungen diverser Herren zum Essen sowie zu kulturellen Veranstaltungen.

Sie nahm die Einladung des Adligen Ulrich zum Essen an. Er war sehr an ihrer Motivation für ihre Tanzausbildung interessiert.

»Nun, das Tanzen kann ich dir leider nicht beibringen. Ich bin jedoch dominant und nicht unerfahren in der Welt der Lust und Leidenschaft, die du kennen und schätzen gelernt hast. Daher kann ich dir anbieten, die Welt des BDSM gemeinsam weiter mit dir zu entdecken und deine Ausbildung als Lustweib fortzuführen, sobald wir uns ein bisschen besser kennengelernt haben. Das geht für mich nicht mit jeder Frau, sondern nur mit besonderen Frauen. Du solltest wissen, dass ich verheiratet bin. Meine Ehefrau und ich gehen jedoch schon seit vielen Jahren getrennte Wege. Wir leben allerdings noch zusammen in einem Haus.«

»Sofern du emotional frei und zeitlich flexibel bist, Ulrich, wäre dies eventuell eine Option für mich.«

Sie verabredeten sich erneut für eine Woche später. Ulrich war durchaus ein attraktiver Herr und ein niveauvoller Gesprächspartner. Dennoch wollte der Funke bei Evangelina nicht so wirklich überspringen. Dominanz konnte sie bei ihm nicht erkennen, eher vornehme Zurückhaltung. Immerhin schaffte er es dieses Mal, sie zum Abschied zu küssen. Bei ihrer dritten Verabredung war sie bereits etwas gelangweilt. Erneut wartete sie vergeblich darauf, seine Dominanz und maskuline Energie zu fühlen, sodass sie beschloss, ihn nicht wiederzusehen.

»Nein, das bringt mir nichts. Er küsst wie ein zahmer Hauskater. Inzwischen weiß ich jedoch wie Löwen küssen. Außerdem strahlt er keine Sicherheit in seinem Tun aus. Ich wüsste wahrlich nicht, was es mit ihm in der Welt der Lust und Leidenschaft für mich zu entdecken gäbe. Es würde wahrscheinlich ein ziemliches Desaster werden. Mit Maximilian und Christoph habe ich zwei wahre Meister erleben dürfen. Nach diesen Erfahrungen werde ich vermutlich sehr lange keusch bleiben, denn es dürfte extrem schwierig werden, jemanden zu finden, der Maximilian das Wasser reichen kann und nicht gleichzeitig über einen ganzen Harem verfügt wie Christoph. Karl habe ich nun auch lange genug vertröstet. Angebote zum Tanzen habe ich mehr als genug. Er ist ein netter Kerl, aber bei meiner Entwicklung zur Edeldame bremst er mich eher aus als dass er mich unterstützen könnte. Außerdem ist es nicht fair. Es ist zwar nicht meine Schuld, dass er sich in mich verliebt hat, aber mich weiter mit ihm zu treffen, würde nur unnötig Hoffnungen bei ihm schüren. Somit wäre es für uns beide verschwendete Zeit. Da ich solange

meine eigene Entwicklung verschlafen habe, muss ich die mir zur Verfügung stehende Zeit nun sinnvoll und intensiv nutzen, um hoffentlich meine Hoheit zurückgewinnen zu können. Nie wieder wird mich ein anderer Mann so fesseln können wie er. Ja, genau das hat er getan. Er hat mich gefesselt und gebunden mit seinen Worten und mit der Kraft seiner Gedanken, seinen Wünschen und Sehnsüchten, die zu meinen wurden. Er ist wahrhaftig in mich eingedrungen, nicht nur körperlich, sondern auch geistig und emotional. Mein Kopf war erfüllt von ihm und seinem Gedankengut. Diese Gedanken fanden den Weg zu meinem Herzen, das jeden Tag mehr Liebe für ihn empfand. Mein ganzer Körper wurde durchströmt von diesen Gedanken und den Gefühlen, die sie auslösten, und ich verspürte ständig eine bisher unbekannte Lust. Nun sind bereits drei Monate vergangen und es hat sich kaum etwas verändert. Er ist zwar nicht physisch anwesend, und doch ist er noch immer da. Er ist mein erster Gedanke, wenn ich morgens aufwache, und mein letzter, wenn ich abends einschlafe. Ich weiß, dass ich an ihn denken werde, wenn ich meine Augen für immer schließen werde. Bei allem, was ich tue, fühle ich mich durch ihn geleitet. Wann immer ich an ihn denke, zaubern mir diese liebevollen Erinnerungen ein Lächeln ins Gesicht. Ich fühle unendliche Dankbarkeit dafür, dass ich all das erleben durfte. Wann immer ich mir vorstelle, wie er zu mir spricht und wie er mich ansieht, verspüre ich große Lust, auch wenn er nicht da ist. Nein, in meinem Leben, in meinem Kopf und in meinem Herzen ist kein Platz für einen anderen Mann. Dieser Platz ist be-

setzt und daran wird sich niemals etwas ändern. Ich muss ihn zurückgewinnen oder ich werde vermutlich den Rest meines Lebens alleine bleiben.«

Nachdem sie sich von Ulrich und Karl verabschiedet hatte, nahm Evangelina die Einladung des Adligen Hieronymus zu einem Opernbesuch an. Er war ein angenehmer und aufmerksamer Begleiter, der fast während der gesamten Vorstellung ihre Hand hielt. Bedauerlicherweise schien auch er nicht zu verstehen, warum sie sich unbedingt weiterentwickeln wollte. Er war der Meinung, dass sie im besten Sinne entwickelt sei. Genau wie Ulrich hielt er sich selbst für dominant und bekräftigte, dass er gerne seinen Mitmenschen auch mal sagen würde, wo es lang gehe. Mit der von Evangelina geschilderten Welt der Lust und Leidenschaft konnte er jedoch nicht viel anfangen.

»Wie bitte? Nein, ich habe noch nie einer Frau den Hintern versohlt. Warum sollte ich so etwas tun? Das ist doch eher etwas für unsichere Männer, die das nötig haben, um sich wichtig zu fühlen.«

Zum Abschied küsste er sie sanft auf den Mund.

»Oh je! Auch er hat rein gar nichts verstanden. Christoph hat Recht. Diejenigen, denen diese Welt verschlossen bleibt, halten diese Spielart für krank. So charmant Hieronymus auch ist, ich werde auch ihn nicht wiedersehen, denn auch er würde mir nur die Zeit stehlen, die ich dringend in meine Entwicklung investieren muss. Er kann mich nicht weiterführen auf meinem Weg.«

KAPITEL 14

York war inzwischen von seiner Auslandsreise zurück und Evangelina besuchte ihn in seinem Zuhause. Seine Wohnung war geschmackvoll eingerichtet. Sie plauderten eine Weile und berichteten sich gegenseitig, wie es ihnen seit ihrem ersten Treffen ergangen war. York studierte mit ihr nochmals einige Tanzschritte ein. Dann lud er sie zum Essen ein und überredete sie anschließend, ihn zu einer Tanzveranstaltung zu begleiten.

»Selbstverständlich werde ich dich immer im Auge haben und am Anfang mit dir tanzen, damit die anderen Männer auf dich aufmerksam werden. Es ist sehr wichtig, dass du mit vielen verschiedenen Männern und mit guten Tänzern trainierst. In dieser Bar sind die besten Tänzer der Stadt versammelt. Jeden Mittwoch, Freitag, Samstag und Sonntag ist hier Tanz. Mittwochs und sonntags ist die Crème de la Crème anzutreffen. Ich kann dir daher nur wärmstens ans Herz legen, an diesen Tagen hier zu sein. Außerdem werden hier sonntags auch Tanzkurse für Anfänger angeboten. Wie ich dir schon sagte, bin ich im Moment ständig im Ausland, um mich fortzubilden. Daher würde ich dir vorschlagen, dass du hier einen Tanzkurs belegst und anschließend zum freien Tanzen kommst. Wann immer ich ebenfalls hier sein kann, werde ich dich natürlich unterstützen und dir auch ansonsten jederzeit als Ansprechpartner zur Seite stehen.«

Sie sagte dazu erst einmal nichts und ließ die Atmosphäre auf sich wirken. York tanzte ein paar Tänze mit ihr, bevor er sich den anderen Frauen widmete. Sie setzte sich entspannt auf ein Sofa und beobachtete das Geschehen auf der Tanzfläche. Es dauerte nicht lange, bis der erste Herr sie zum Tanz aufforderte. Evangelina erwähnte, dass sie noch Anfängerin sei, was ihn nicht zu stören schien. Sie merkte jedoch schnell, dass sie nicht mithalten konnte. Er war sehr geduldig, erklärte ihr einige Dinge und meinte dann nach zwei Tänzen, dass diese Musik noch zu schnell für sie sei und dass sie einfach noch etwas Übung brauche. Das sei vollkommen normal. Zurück auf ihrem Platz sah sie abermals den Tänzerinnen und Tänzern zu. Es war teilweise atemberaubend, was sie zu sehen bekam. Nun verstand sie, was York mit »Sex auf dem Parkett« meinte. York war einer der begehrtesten Tänzer. Die Frauen schienen ihm regelrecht aufzulauern. Kaum brachte er eine Dame an ihren Platz zurück, war schon die nächste zur Stelle. Wie er ihr schon gesagt hatte, war es völlig normal hier, dass die Frauen auch die Männer auffordern. Keine der Frauen schien damit ein Problem zu haben. Evangelina hingegen beschloss, als anscheinend einzige Anfängerin in diesem Kreis von erlesenen Tänzerinnen und Tänzern, abzuwarten, bis die Männer auf sie zukämen. Kurze Zeit später war auch schon der nächste

Mann zur Stelle. Auch ihm sagte sie gleich, dass sie noch Anfängerin sei. Obwohl sie sich zunächst ziemlich schwer tat, da sie völlig überfordert war, machte er keinerlei Anstalten, sie wieder zu ihrem Platz zurückzubringen. Ganz im Gegenteil. Er startete eine Unterhaltung, was York zufolge nicht unbedingt üblich war, da die Leute in allererster Linie zum Tanzen hierher kamen.

»Ich bin Ahmed. Ich komme ursprünglich aus Algerien und lebe schon lange hier. Tanzen ist reine Übungssache. Ich bringe es dir gerne bei und bin ab sofort dein Lehrer, wenn du das möchtest. Wie heißt du und woher kommst du?«

»Mein Name ist Evangelina. Ich komme aus einem kleinen Dorf weit entfernt von hier. Ich bin nach Köln gekommen, um tanzen zu lernen und das Leben in einer Großstadt kennenzulernen.«

»Das ist aber mutig von dir. Hast du keinen Mann?«

»Nein, ich habe keinen Mann und ich suche auch keinen Mann.«

»Das ist schade. Ich bin auch alleine und auf der Suche nach einer netten Frau. Es wäre schön, wenn du mich mal besuchen kommen würdest. Ich wohne direkt hier in der Nähe. Ich könnte für dich kochen und dir weitere Tanzschritte zeigen.«

»Zunächst einmal sollte ich hier tanzen üben. Ich bin auch eigentlich heute mit York hier. Er ist mein Tanzlehrer. Kennst du ihn?«

»Nein, ich kenne ihn nicht. Aber ich bin jeden Sonntag hier und manchmal auch mittwochs. Ich würde mich freuen, dich wieder zu sehen.«

»Ja, ich denke, ich werde in nächster Zeit öfter hier sein.«

York kam zu ihr herüber, um sich zu erkundigen, ob alles in Ordnung sei.

»Ja, alles gut. Ich denke nur, es wäre Zeit, nach Hause zu gehen.«

»Du hast Recht. Es ist schon spät und ich muss morgen früh raus. Im Moment schlafe ich einfach viel zu wenig. Ich hoffe, es hat dir gefallen, auch wenn ich nur am Anfang mit dir getanzt habe. Ich hatte dich jedoch immer im Auge und gesehen, dass es dir nicht an Tanzpartnern gemangelt hat. Andernfalls hätte ich dich selbstverständlich nicht so lange alleine gelassen.«

»Ja, es hat mir sehr gut gefallen, auch wenn es mir noch etwas schwer fällt. Alle anderen tanzen schon so unglaublich gut. Ich hatte den Eindruck, nur von Profis umgeben zu sein. Zum Glück hat sich der nette Herr aus Algerien erbarmt und mir geduldig ein paar Figuren gezeigt und erklärt. Ich denke, ich werde dann ab sofort sonntags zu dem Anfängerkurs gehen und anschließend zum freien Tanzen hier bleiben, so wie du es vorgeschlagen hast. Das macht eindeutig Sinn. Wirst du nächste Woche auch hier sein?«

»Warte mal ab. Wie ich dir schon sagte, du hast echt Talent. In ein bis zwei Jahren wirst du mindestens genauso gut tanzen wie die anderen Damen, die du heute Abend hier gesehen hast. Ich weiß nicht, ob ich es nächste Woche schaffen werde. Ich habe noch einige Auswärtstermine in meinem Hauptberuf. Aber nur Mut. Du brauchst mich überhaupt nicht. Mach den Tanzkurs und gehe anschließend tanzen. Fordere einfach die Männer auf, wenn dich niemand auffordern sollte. So machen das die anderen Frauen hier auch. Das ist hier völlig normal. Wann immer ich hier sein kann, werde ich selbstverständlich auch mit dir tanzen.«

»Nun gut, ich gebe zu, dass mich das sehr viel Überwindung kostet, Männer aufzufordern. Das ist eindeutig gewöhnungsbedürftig. Aber wenn es nicht anders geht, werde ich das eben tun, um meinem Ziel näher zu kommen. Ich danke dir für deine Hilfe. Bis bald.«

Am darauf folgenden Sonntag ging sie tatsächlich alleine in die Bar, in der Hoffnung, York dort zu sehen. Er tauchte jedoch den ganzen Abend nicht auf. Anscheinend hatte er wichtigere Dinge zu tun. Ahmed jedoch war ebenfalls in der Bar. Er hatte gehofft, sie wieder zu treffen, und steuerte direkt auf sie zu, als er sie erblickte.

»Es ist schön, dich wieder zu sehen, Evangelina. Wie geht es dir? Hast du fleißig die Figuren geübt, die ich dir letztes Mal gezeigt habe?«

»Danke, Ahmed, es geht mir gut. Selbstverständlich habe ich fleißig geübt«, entgegnete sie mit einem Augenzwinkern.

»Komm, lass uns tanzen.« Er griff ihre Hand und zog sie auf die Tanzfläche.

Anfangs waren ihre Schritte noch etwas holprig, aber Ahmed war abermals sehr geduldig mit ihr. Mit jedem Lied merkte sie, dass sie sicherer wurde und weniger steif war.

»Das klappt schon viel besser als beim letzten Mal, Evangelina. Du wirst sehen, in ein paar Monaten wirst du richtig gut sein, wenn du regelmäßig hierher kommst.«

»Das hoffe ich sehr, Ahmed.«

Er tanzte den ganzen Abend nur mit ihr. Gelegentlich kam er ihr nach ihrem Empfinden etwas zu nahe. Sie war sich nicht so ganz sicher, ob er nur mit ihr tanzen wollte oder doch gerade mehr versuchte. York hatte sie mehrmals darauf hingewiesen, dass die lateinamerikanischen Tänze sehr erotisch seien. Daher konnte sie es nicht so richtig einordnen, wenn Ahmed sehr nahe kam. Dies verunsicherte sie ein wenig und sie wurde etwas steif, wenn er zu dicht kam. Er merkte dies bald.

»Keine Angst, Evangelina. Ich bin kein böser Mensch. Ich tue dir nichts.«

»Alles gut, Ahmed, ich weiß, dass du kein böser Mensch bist.«

Sie entspannte sich wieder. Gegen 1 Uhr verabschiedete sie sich und versprach ihm, bald wieder zu kommen.

Als sie im Bett lag, ließ sie den Abend Revue passieren. »Eigentlich müsste ich mehr als zufrieden sein. Ich habe den ganzen Abend getanzt, obwohl ich mit Abstand die schlechteste Tänzerin dort war. Ich musste keinen Mann auffordern und habe viel gelernt. Dennoch habe ich mir das alles ein bisschen anders vorgestellt. York war nicht da. Nachdem er gemerkt hat, dass ich mich nicht für ihn als Mann, sondern nur als Freund und Tanzlehrer interessiere, habe ich anscheinend nicht gerade oberste Priorität für ihn. Das darf ich ihm natürlich nicht übel nehmen. Da er sich selbst weiterentwickeln möchte, ist es klar, dass er keine Zeit in mich investieren kann, von der er nicht ebenfalls profitiert. Es ist ausgesprochen nett von Ahmed, dass er den ganzen Abend mit mir getanzt hat. Die Frage ist nur, wie lange er das noch tun wird. Wenn ihm erst einmal bewusst wird, dass auch er keine Chance bei mir hat, wird er sicherlich ebenfalls kein großes Interesse mehr daran haben, weiterhin mit mir zu tanzen. Das ist nämlich das große Dilemma. Anscheinend sehen alle Männer, die mit mir tanzen, zunächst einmal eine potenzielle Partnerin in mir. Entweder sind sie so hartnäckig, dass ich sie nicht wiedersehen möchte, oder aber sie verlieren das Interesse, wenn sich ihre Hoffnung auf mehr nicht erfüllt. Ich fürchte, ich werde wohl einige Tanzlehrer engagieren müssen, bis ich endlich tanzen kann.«

Kapitel 15

Am nächsten Morgen nahm sie sich erneut einige Briefe vor und verabredete sich mit dem Adligen Peter von Brühl, der auf eine mehrjährige Tanzkarriere zurückblicken konnte. Peter unterschied sich deutlich von ihren bisherigen Tanzlehrern Karl und York, allein schon weil er im Gegensatz zu ihnen von adliger Herkunft war. Das merkte man auch an seinen Umgangsformen. Ulrich und Hieronymus konnten ihr zwar keinen Tanzunterricht geben, waren aber wie Peter Adlige, die eine gute Kinderstube genossen hatten, und dennoch konnten sie Evangelina in keiner Weise weiterhelfen. Peter war sehr interessiert an ihrer Geschichte über die Begegnung mit dem König und schien der erste Mann zu sein, der sofort verstand, worum es ihr ging und warum sie unbedingt tanzen lernen wollte.

»Ich finde deine Geschichte wirklich sehr spannend. Ich denke, du hast das alles ganz gut selbst analysiert. Wir müssen dringend an deiner Selbstsicherheit und an deiner Körperhaltung arbeiten. Beide hängen unmittelbar miteinander zusammen. Das Tanzen ist hierfür geradezu perfekt geeignet. Das hast du selbst erkannt und somit einen guten Weg gewählt. Du bist ganz offensichtlich eine intelligente junge Frau. Das habe ich schon bei unserem Briefwechsel festgestellt und unsere Gespräche bestätigen dies. Dennoch trägst du sehr viel Unsicherheit in dir, die du aber zuweilen mit deinem zauberhaften Lächeln charmant kaschieren kannst. Auf jeden Fall sehe ich eine Menge Potenzial in dir, um dein Ziel zu erreichen. Um ehrlich zu sein, bin ich sehr positiv überrascht. Ich hatte tatsächlich damit gerechnet, ein gewöhnliches Bauernmädchen zu treffen. Doch vor mir steht nun eine attraktive junge Frau, die sich ihrer eigenen Grazie nur noch nicht bewusst ist. Daran werden wir künftig gemeinsam arbeiten.«

»Es freut mich, dass dies auch für dich spannend ist, und vor allem, dass du sofort verstanden hast, worum es mir geht und zudem meine Unzulänglichkeiten treffsicher erkannt und benannt hast. Es bringt mir nichts, Dinge schön zu reden. So komme ich nicht weiter. Lieber möchte ich schonungslos all meine Defizite vor Augen geführt bekommen, um sie schnellstmöglich beseitigen zu können. Übrigens hast du Recht. Seit mir die Wirkung meines Lächelns bewusst ist, setze ich es auch gezielt ein. Das hat bisher für alle Männer mehr als gereicht. Ich habe ihnen einfach mein Lächeln geschenkt und konnte sie damit schnell um den Finger wickeln. Genauso schnell habe ich aber auch wieder das Interesse an ihnen verloren. Mit Maximilian war jedoch alles anders. Es hat einfach nicht gereicht, ihm mein Lächeln und meine Hingabe zu schenken. Er braucht eine starke, selbstbewusste Frau an seiner Seite, die ihn unterstützen kann, und kein verunsichertes kleines Mädchen, das alleine noch nicht einmal in der Lage ist, sich wie eine Dame zu kleiden. Nachdem er mich freigegeben hatte, fiel es mir plötzlich wie Schuppen von den Augen. Ich hatte mit jeder Pore meines Körpers die Botschaft ausgestrahlt, dass ich nicht gut genug bin und dass er mich nicht wollen kann. Ich hatte ihm gar keine Chance gegeben, mich wollen zu können. Nach dieser Erkenntnis habe ich mich gefragt, warum das meine Überzeugung war. Warum sollte er mich nicht wollen können? Ich bin eine intelligente junge Frau und muss mich auch ungeschminkt nicht verstecken. Sollten andere Frauen besser sein als ich, besser sein für ihn, nur weil sie sich schminken und weiblicher kleiden als ich? Vielleicht habe ich viel mehr für ihn zu bieten als die meisten anderen Frauen und viel mehr, als er sich bisher vorstellen kann. Sich zu schminken und weiblich zu kleiden kann ja nicht so schwer sein. Ich habe das schon einmal für ihn getan, wenn auch mit etwas Unterstützung, und mich damit zu meiner eigenen Überraschung sehr wohl gefühlt.«

»Das ist auf jeden Fall die richtige Einstellung. Ich kann überhaupt nicht verstehen, warum du dich bisher nicht weiblich gekleidet hast. Du hast eine tolle Figur, die du wunderbar in Szene setzen kannst. Wir müssen unbedingt zusammen einkaufen gehen und dich neu einkleiden. Ich kann dich da sicher sehr gut beraten. Schon als kleiner Junge war ich regelmäßig dabei, wenn sich meine Mutter in ausgewählten Geschäften neu eingekleidet hat. Sie ist bis zum heutigen Tage eine stilsichere elegante Dame.«

»Na ja, die Kleidung, die Maximilian an einer Frau zu sehen wünscht, ist einfach unzweckmäßig, vor allem beim Reiten, und überhaupt bei allen Arbeiten, die ich bisher verrichtet habe. Außerdem wünscht er passend zu der eng anliegenden, stark körperbetonten weiblichen Kleidung auch schmal geschnittene, schicke Schuhe mit Absatz. Es ist eine Qual für mich, solche Schuhe zu tragen, und ich kann kaum darin gehen.«

»Meine Liebe, das ist alles reine Gewöhnungssache. Wenn du erst mal regelmäßig solche Kleidung trägst, wirst du dich darin schon bald sehr viel wohler fühlen. Ich verrate dir mal ein Geheimnis: Es ist für alle Frauen eine Qual, solche Schuhe zu tragen. Sie tun dies nur aus einem einzigen Grund, nämlich um den Männern zu gefallen. Und da es dein Anliegen ist, einem bestimmten Mann zu gefallen, ist das deine erste Aufgabe. Du wirst ab sofort täglich üben, in Schuhen mit Absatz zu gehen. Ich werde bei jedem unserer Treffen deine Fortschritte überprüfen und dein Gangbild korrigieren. Denn es hilft nichts, solche Schuhe zu tragen und sich darin zu bewegen wie ein Elefant im Porzellanladen. Wir Männer wünschen uns ein weibliches, weiches und elegantes Gangbild. Was deine Haare betrifft, so kann ich Maximilian nur zustimmen. Die musst du dringend wachsen lassen. Es gibt nichts, was eine Frau weiblicher macht als langes Haar. Ich habe übrigens eine Schwäche für Hochsteckfrisuren.«

»Das verstehe ich nicht. Wenn ich schon meine Haare richtig lang wachsen lassen soll, dann möchte ich sie auch offen tragen und zur Schau stellen. Was ist denn an Hochsteckfrisuren schön?«

»Was mich daran so fasziniert, ist der Moment, wenn die Haarnadel gelöst wird und das Haar fällt – und zwar auf einen wohl proportionierten nackten Frauenkörper.«

»Das sind ja mal klare Ansagen. Du scheinst mir wirklich weiterhelfen zu können. Ich glaube, ich ernenne dich nicht nur zu meinem Tanzlehrer, sondern auch zu meinem Weiblichkeitstrainer.«

Peter musste grinsen. »Immer langsam, wir sollten zunächst mal mit dem Tanzen anfangen. Darf ich bitten?«

Er zeigte ihr zwei verschiedene Tänze, die er intensiv mit ihr übte. Er war ein strenger Lehrer. Wieder und wieder musste sie dieselben Schritte machen und dabei seine Anweisungen befolgen.

»Bauch rein, Brust raus. Fußspitze gestreckt und ausgedreht. Gestrecktes Bein. Hüfte kreisen lassen. Nicht zusammen sacken. Mach dich lang. Hals strecken. Nicht auf meinen Schultern liegen. Du musst dich selbst tragen. Dein Gewicht ist immer vorne.«

»Das ist furchtbar anstrengend. Es sind so viele Dinge zu beachten. Das kann ich mir gar nicht alles merken. So hat bisher noch keiner mit mir tanzen geübt. Ob ich das jemals lernen werde?«

»Das ist völlig normal. Am Anfang ist alles ein bisschen viel. Ich lege eben sehr viel Wert auf Technik. Wenn man das von Anfang an durchzieht, ist es später umso einfacher. Wenn die Technik nicht stimmt, geht ab einem gewissen Punkt gar nichts mehr. Du musst wissen, wie du stehst und wo du stehst. Ist das nicht der Fall, wird dein Tanz niemals ausdrucksstark werden. Wenn du aber klar, sauber und sicher auf deinen Füßen stehst, ist vieles möglich, was du dir jetzt noch gar nicht vorstellen kannst. Für heute machen wir Feierabend. Du solltest das, was ich dir gezeigt habe, regelmäßig üben, am besten täglich. Und nun lade ich dich zur Belohnung zum Essen ein.«

»Da habe ich ja noch einiges vor mir. Vielen Dank, dass du dir die Zeit für mich nimmst, auch wenn für dich nicht wirklich etwas dabei herausspringt.«

»Sehr gerne. Ich hatte dir ja bereits geschrieben, dass ich keine Gegenleistung erwarte. Natürlich ziehe auch ich etwas für mich aus diesem und sicherlich auch aus unseren folgenden Treffen heraus. Ich finde es einfach sehr spannend, entwicklungswillige Menschen auf ihrem Weg zu begleiten und zu fördern. Für mich ist es ein Genuss, Menschen unterrichten zu können. Das bereitet mir große Freude. Zudem bist du nett anzuschauen und sehr sympathisch. Ich bin gespannt, was wir gemeinsam erreichen werden. Ich kann dir jedenfalls bescheinigen, dass du sehr vielseitig bist. Ich habe heute vier verschiedene Evangelinas gesehen: die schüchterne, die intelligente, die sportliche und auch die elegante. Ich bin sicher, ich werde noch so einige Seiten an dir entdecken.«

Sie verabredeten sich bereits wieder für drei Tage später.

Wie jeden Abend, dachte Evangelina im Bett nach. *»Heute hat Ahmed vergeblich Ausschau nach mir gehalten. Das Treffen mit Peter war jedoch eine große Bereicherung. Er ist bisher der einzige meiner neuen Bekannten, der in der Lage ist, mich umfassend zu fördern. Er ist ein hervorragender Tänzer und sehr streng mit mir. Außerdem ist er weltgewandt, ausgesprochen intelligent und versteht genau, worum es mir geht. Er kennt sich in allen Bereichen aus, hat auf alles eine Antwort und eine Menge Ideen. Auch in der Welt der Lust und Leidenschaft scheint er sehr erfahren zu sein. Selbst wenn er dies anders auslebt als Maximilian, so ist ihm diese Welt durchaus bekannt. Ich freue mich auf unser nächstes Treffen und bin zuversichtlich, dass ich Maximilian mit seiner Hilfe zurückgewinnen kann.«*

Bei ihrem zweiten Treffen ging Peter dieselben Tänze mit ihr durch wie beim ersten Treffen. Abermals bestand er auf einer technisch korrekten Ausführung der Schritte. Es erschloss sich Evangelina nicht wirklich, warum dies so fundamental wichtig sein sollte. Schließlich wollte sie einfach nur tanzen lernen, um stärker zu ihrer eigenen Weiblichkeit zu finden und sich eine aufrechtere und selbstsicherere Körperhaltung anzueignen. Es war wahrlich nicht ihr Ziel, Profitänzerin zu werden. Da sie jedoch dankbar war, dass Peter sich so intensiv um ihre Entwicklung bemühte, verzichtete sie darauf, mit ihm über den Sinn einer solchen fast militärisch anmutenden Ausbildung zu diskutieren, zumal er durchaus von aufbrausendem Temperament sein konnte, wenn etwas nicht so klappte, wie er sich das vorstellte. Erst wenn er zufrieden mit dem bisher Gelernten war, erweiterte er den jeweiligen Tanz ein wenig.

»Für heute ist es genug. Deine Fortschritte sind durchaus beachtlich, auch wenn noch so einiges verbesserungswürdig ist. Nun kochen wir zusammen beziehungsweise, da du ja nicht kochen kannst, koche ich und erkläre dir, was ich tue. Ich bin ein leidenschaftlicher Koch und erfreue mich daran, wenn ich andere Menschen verköstigen darf. Kochen solltest du wirklich unbedingt lernen. Auch damit kannst du einen Mann erfreuen. Nicht umsonst heißt es ›Liebe geht durch den Magen‹.«

Evangelina musste lächeln. »Anscheinend gibt es nichts, was du nicht kannst. Ich ernenne dich hiermit zu meinem Coach für alle Lebenslagen. Nimmst du das Angebot an?«

Er betrachtete sie nachdenklich. »Irgendwie scheinst du es furchtbar eilig zu haben, alles Mögliche aufzuholen. Arbeiten wir etwa gegen die Zeit?«

Sie musste nicht lange überlegen. »Ja, ich will Maximilan wiederhaben. Da es unzählige Frauen gibt, die ihn ebenfalls für sich gewinnen wollen, arbeiten wir natürlich gegen die Zeit. Ich hoffe, ich werde schnell genug lernen, denn ich kann mir nicht vorstellen, dass er sehr lange ohne Weib sein wird.«

»Das klingt nach einer Kampfansage. Wirklich beeindruckend. Nun gut. Ich hatte ja bereits bei unserem letzten Treffen erwähnt, dass ich positiv überrascht war und sehr viel Potenzial bei dir sehe. Um einen König zu erobern und dauerhaft halten zu können, bedarf es in der Tat wesentlich mehr als einer Tanzausbildung. Ich nehme diese Herausforderung gerne an. Du bist ab sofort mein Projekt. Das bedeutet, dass du die Dinge, die ich dir vorschlagen werde, auch umsetzen wirst. Je härter und intensiver du an dir arbeiten wirst, umso schneller wirst du deinem Ziel näher kommen. Wir werden uns selbstverständlich weiterhin dem Tanzen widmen. Ich werde dir nach und nach alle wichtigen Gesellschaftstänze beibringen. Sobald du ein paar davon halbwegs beherrschst, werde ich dich zu einem größeren Ball ausführen, damit du dich daran gewöhnst, auch die entsprechende Kleidung zu tragen. Des Weiteren brauchst du einen guten Visagisten und Friseur für eine Typberatung. Mit deinem Haar muss dringend etwas passieren. Außerdem kann ich mir lebhaft vorstellen, wie Maria dich geschminkt hat. Schminke ist nicht gleich Schminke. Dein König wünscht sich eine Hure im Bett, aber außerhalb des Schlafgemachs sollte seine Hure eine Dame sein, der sich kein gewöhnlicher Mann zu nähern traut. Du brauchst vorerst einen Visagisten, bis du in der Lage bist, dich selbst entsprechend zu schminken. Für den Ball ist ein Ballkleid selbstverständlich ein Muss. Wir werden daher demnächst zusammen einkaufen gehen. Etwas städtisches Kulturprogramm nebenbei kann auch nicht schaden. Ich weiß nicht, über welche finanziellen Mittel du verfügst und was du bereit bist zu investieren, aber ganz billig ist all das natürlich nicht zu haben. Zumindest meine Dienste sind jedoch umsonst. Mir macht es einfach Spaß, Zeit mit dir zu verbringen.«

»Es ist in der Tat beeindruckend, wie viele spontane Ideen du hast. Für mich hat es derzeit höchste Priorität, mich schnell und umfassend weiterzuentwickeln. Dafür scheue ich keine Kosten und Mühen, solange alles einen Sinn ergibt. Ich bin für jegliche Vorschläge offen. Da ich jedoch von Natur aus nicht verschwenderisch bin, möchte ich nicht völlig über die Stränge schlagen.«

Peter schlug ihr eine Haarverlängerung, eine andere Haarfarbe sowie eine Nagelverlängerung vor.

Hier legte Evangelina dann doch entschlossen ihr Veto ein. »Bei aller Liebe, so weit reicht meine Veränderungsbereitschaft dann doch nicht. Ich möchte ja noch ich selbst bleiben. Meine Haare wachsen schnell. Bis ich Maximilian wiedersehen werde, falls es überhaupt jemals dazu kommen sollte, werden sie ohnehin lang sein. Um meine einzigartige natürliche Haarfarbe werde ich von vielen Frauen beneidet. Zahlreiche Männer bewundern sie. Daher werde ich sie auf gar keinen Fall ändern. Auch eine Nagelverlängerung kommt überhaupt nicht in Frage. Das ist völlig unpraktisch und unnatürlich und behindert mich bei meinen täglichen Aktivitäten. In Bezug auf Kleidung, Schuhwerk, Frisur und Schminke bin ich durchaus experimentierwillig.«

»Das musst du selbst wissen und entscheiden. Es waren lediglich gut gemeinte Ratschläge. Denk noch einmal in Ruhe darüber nach.«

Er hantierte bereits mit dem Geschirr und bereitete den Fisch zu. Sie assistierte nach seinen Anweisungen und war erstaunt, wie geschickt und mit wie viel Begeisterung er sich dem Kochen widmete. Sie lobte ihn während des Essens und auch danach noch für seine Kochkünste. Seine Freude über ihre Anerkennung war ihm anzusehen.

»Bevor ich mich nun verabschiede, bekommst du noch eine weitere Aufgabe. Um deine weichen, weiblichen Bewegungen sowie deine sinnlich-erotische Ausstrahlung zu fördern, wirst du einen Striptease nach deinen Vorstellungen und Ideen einstudieren und mir in zwei Wochen präsentieren. Keine Widerrede. Ich weiß, dass du das im Moment nicht machen möchtest, aber ich verspreche dir, dass das nochmals zu einem enormen Entwicklungsschub führen wird.« Evangelina wagte nicht zu widersprechen. Sie verabredeten sich erneut für den darauf folgenden Samstag.

»Heute hat Peter wahrhaftig Geschütze aufgefahren. Mit einem selbst einstudierten Striptease bin ich eindeutig überfordert. Keine Ahnung, was er sich dabei denkt. Nun gut, ich wollte es ja so. Ich habe ihn zu meinem Trainer ernannt und ihn gebeten, mich zu fördern. Genau das tut er und offensichtlich nimmt er diese Aufgabe sehr ernst. Das dürfte alles ziemlich anstrengend für mich werden. Aber ich muss es versuchen. Langsam schöpfe ich tatsächlich Hoffnung, dass es mir gelingen könnte, Maximilian bald von mir zu überzeugen. Aber die Sache mit den Haaren und den Fingernägeln kommt nicht in die Tüte. Ich glaube nicht, dass ich Maximilian mit einer anderen Haarfarbe oder künstlichen Fingernägeln beeindrucken kann. Es gibt genügend andere Dinge, die ihm sehr viel wichtiger sind.«

Während der Woche übte sie ihre Tanzschritte und machte sich tatsächlich daran, einen Striptease einzustudieren. Die Tage vergingen wie im Fluge und schon war Peter wieder zur Stelle. Auch bei ihrem dritten Treffen schonte er sie nicht. Im Gegenteil, er studierte weitere vier Tänze mit ihr ein. Sie übten stundenlang. Er war unerbittlich, was seine heiß geliebte Technik betraf, und verausgabte sich selbst noch mehr als Evangelina. Als sie schließlich beide völlig erschöpft waren, gingen sie nochmals gemeinsam zum Essen.

»Morgen startet mein Anfängerkurs für lateinamerikanischen Tanz in der Bar, von der ich dir erzählt habe. Ich war jetzt seit drei Wochen nicht mehr dort. Ich bin mir nicht sicher, ob ich das wirklich tun soll. Unser Training ist sicherlich sehr viel effizienter. Ich weiß nicht, ob es Sinn für mich macht, mit Anfängern zu tanzen.«

»Schau dir das ruhig an und probiere es aus. Es könnte eine gute Ergänzung zu unserem Training sein, da es ganz andere Tänze sind. Je öfter und mit je mehr verschiedenen Männern du tanzt, umso schneller wirst du Sicherheit erlangen. Wenn es dir nicht zusagt, lässt du es eben einfach wieder bleiben. Und vergiss nicht, dass du mir nächste Woche deinen Striptease vorführen möchtest«, meinte er schmunzelnd.

»Ja, du hast Recht. Ich werde es mir ansehen und dann entscheiden. Du wirst nächste Woche einen Striptease zu sehen bekommen. Von Wollen kann allerdings keine Rede sein, aber ich werde nicht kneifen, auch wenn die Ausführung vermutlich etwas unbeholfen sein wird.«

»Genau das ist dein Problem. Du solltest gar nicht erst daran denken, dass du unbeholfen wirken könntest. Stattdessen musst du überzeugt davon sein, dass du eine begehrenswerte junge Frau bist, um die die attraktivsten und besten Männer kämpfen werden.«

»Ja, da wäre es wieder, mein Problem. Ganz so einfach und über Nacht ist es leider nicht in den Griff zu bekommen. Aber ich arbeite daran.«

KAPITEL 16

Am nächsten Abend fand sie sich überpünktlich in der Bar zum Tanzkurs ein. Er war mäßig besucht. Es waren wenige Paare da sowie mehrere einzelne Damen und Herren. Ronaldo, der Tanzlehrer, stellte sich kurz vor und startete mit dem Aufwärmprogramm. Anschließend zeigte er kurz zusammen mit seiner Partnerin den Grundschritt sowie eine Links- und eine Rechtsdrehung. Dann ging er reihum, um die Tanzschüler zu korrigieren. In relativ kurzen Abständen mussten die Herren jeweils eine Dame weitergehen, damit jeder mit verschiedenen Partnern tanzte. Da Evangelina bereits zwei Mal mit York trainiert hatte, kannte sie diese Schritte schon. Die Herren, mit denen sie tanzte, taten sich jedoch sehr schwer. Die meisten kamen mit den Schritten nicht klar, geschweige denn konnten sie auch nur ansatzweise die Dame führen, mit dem Ergebnis, dass Evangelina anfing, die jeweiligen Herren zu führen. Auch Ronaldo tanzte reihum mit allen Frauen. Offensichtlicher konnte es nicht sein, was es für einen Unterschied für die Damen macht, ob ein Mann weiß, was er tut und wo er hin will, oder eben nicht.

Eine der Damen brachte es auf den Punkt: »Wenn du mit Ronaldo tanzt, denkst du, du kannst tanzen. Mit ihm klappt einfach alles.«

Als der Unterricht vorbei war, ging Evangelina vom

Nebenraum, in dem der Tanzkurs stattgefunden hatte, in den Barbereich und setzte sich mit einem Getränk an den Rand der Tanzfläche, die sich zunehmend füllte. Nach kurzer Zeit erblickte sie Ahmed, der sofort auf sie zusteuerte.

»Hallo Evangelina, schön dich wiederzusehen. Ich dachte schon, du kommst nicht mehr. Wie geht es dir?«

»Danke, mir geht es gut. Dir hoffentlich auch? Ich hatte einfach zu viel zu tun die letzten Wochen, da ich mit einem weiteren Tanzlehrer ein intensives Training gestartet habe. Heute hatte ich hier meine erste Tanzstunde im Anfängerkurs. Nächsten Sonntag werde ich wieder zur Tanzstunde und anschließend zum Tanzen hier sein.«

»Das freut mich, dass du wiederkommen wirst. Ich hoffe, die Tanzstunde hat dir gefallen. Du weißt doch, dass ich auch dein Tanzlehrer bin. Ich kann dir mindestens 50 Figuren beibringen.«

Er zog sie auf die Tanzfläche und tanzte abermals, bis auf ein paar kurze Pausen, den ganzen Abend mit ihr. Als sie sich verabschiedete, lud er sie erneut zu sich nach Hause ein mit dem Hinweis, dass er ihr auch dort das Tanzen beibringen könnte. Sie ging jedoch nicht auf sein Angebot ein.

»Ich muss mal sehen, ob ich das regelmäßig machen werde. Ich habe heute, außer mit Ahmed, nur mit Anfängern getanzt. Das bringt mir rein gar nichts. Im Gegenteil. Wenn die Männer nicht führen, fange ich an, die

Führung zu übernehmen. Das ist wahrscheinlich sogar schädlich für meine Tanzausbildung. Auf jeden Fall ist es verschwendete Zeit. Mit Peter lerne ich in derselben Zeit mindestens zehn Mal so viel. Warum sollte ich einen Anfängerkurs machen, bei dem es kaum Fortschritte gibt, wenn ich genug Angebote von erfahrenen Tänzern habe, die mich viel schneller voranbringen können? York hat leider keine Zeit für mich und schickt mich daher in einen Anfängerkurs. Das ist genau das, was ich nicht wollte. Darum habe ich doch mein Inserat aufgegeben. Ich weiß gar nicht, warum er sich überhaupt darauf gemeldet hat, wenn er so gar keine Zeit hat. Vielleicht werde ich vorerst keinen erfahrenen Tänzer für die lateinamerikanischen Tänze finden. Das wäre wirklich sehr schade, da diese meine Weiblichkeit in der Tat am stärksten fördern – allerdings nicht, wenn ich mit Anfängern tanze. Notfalls muss ich diese Art von Tanz eben zumindest vorübergehend auf Eis legen, bis sich auch hierfür wieder ein erfahrener Tänzer gefunden hat. Ahmed ist zwar ein sehr guter Tänzer, der mir viel beibringen kann, aber eindeutig an mir als Frau interessiert. Ich kann mich nicht privat von ihm unterrichten lassen. Er würde sich falsche Hoffnungen machen und wäre sehr bald furchtbar enttäuscht, wenn sich diese nicht erfüllen. Nächsten Sonntag werde ich noch einmal zur Tanzstunde gehen und dann entscheiden, wie es weitergehen wird.«

Ein paar Tage später traf sie Peter zum vierten Mal. Er übte intensiv drei der bisher bekannten Tänze mit ihr. In den Tanzpausen berichtete er ihr, wie auch schon bei ihren vorangegangenen Treffen, von seinen jüngsten amourösen Abenteuern. Sie lauschte ganz gespannt seinen Schilderungen, was er – und manchmal auch er sowie ein oder mehrere weitere Männer – mit diversen Frauen anstellten, denen ein Mann ganz offensichtlich nicht genug war. Anfangs war Evangelina etwas entsetzt über seine Berichte. Inzwischen genoss sie es, durch seine Geschichten über den Tellerrand hinausblicken zu können, auch wenn sie selbst die meisten dieser Dinge ganz sicher niemals umsetzen würde. Zumindest war es sehr interessant zu erfahren, was alles für manche Menschen lustvoll sein konnte, während es für viele andere undenkbar war. Nach dem Kaffeeplausch war es Zeit für ihren großen Auftritt. Sie hatte zwar fleißig für ihren Striptease geübt, doch jetzt, wo es so weit war, pochte ihr das Herz bis zum Hals.

»Na toll. Wenn ich schon solches Lampenfieber bei ihm habe, wie soll ich dann jemals meine Hoheit mit einem Striptease erfreuen? Es hilft alles nichts. Ich muss jetzt da durch. Egal wie.«

Peter stellte sich schweigend und erwartungsvoll in eine Ecke des Zimmers. Evangelina atmete noch einmal tief durch, bevor sie loslegte. Mit eleganten Schritten und verführerischem Blick bewegte sie sich auf ihn zu. Dabei knöpfte sie langsam ihren schwarzen Mantel auf. Während sie ihn öffnete, auszog und lässig auf einen Sessel warf, drehte sie sich um und entfernte sich von ihm. Mit langsamen geschmeidigen Bewegungen strich sie über ihr Haar, seitlich entlang ihres Oberkörpers. Ihre Hände verweilten kurz auf ihren Hüften, bevor sie diese in einer kreisenden Bewegung vor ihrem Körper wieder nach oben führte und das Spiel von Neuem begann. Nach und nach zog sie alle Kleidungsstücke langsam aus. Mal konnte Peter dabei ihren makellosen Körper von hinten bewundern und mal von vorne. Zum Abschluss ging sie auf ihn zu und küsste ihn sanft auf die Wange.

»Wow, das war gar nicht übel für den Anfang. Ich muss zugeben, das war sehr erregend für mich. Wie bedauerlich, dass ich nicht in dein Beuteschema passe. Für heute reicht es mit dem Tanzen. Ich habe nachgedacht, wie ich dich weiter fördern kann. Da wir auch gegen die Zeit arbeiten, möchte ich nächste Woche mit dir einkaufen gehen. Wir werden dich vernünftig einkleiden und auch ein Ballkleid und ein Paar Tanzschuhe für dich besorgen. In ein paar Wochen ist hier in der Stadt eine große Ballveranstaltung. Dort möchte ich mit dir hingehen.«

Sie hatte sich wieder angezogen und ihr Puls war wieder normal. »Wir haben bisher erst vier Mal geübt. Wie soll ich denn auf einem Ball mithalten können?«, protestierte sie.

»Das lass mal meine Sorge sein. Ich werde dich da durch führen. Außerdem treffen wir uns vorher noch ein paar Mal zum Trainieren. Ich werde einen Termin bei einem guten Friseur und Visagisten für dich machen, die wir nächste Woche ausprobieren werden und die dich dann auch für den Ball zurecht machen werden.«

»Das klingt ganz schön professionell.«

»Daran solltest du dich gewöhnen, wenn du das Weib eines Königs werden möchtest. Oder glaubst du etwa, eine Königin macht sich immer selbst zurecht?«

Dazu sagte sie nichts mehr, denn derart weitreichende Gedanken hatte sie sich in der Tat noch nicht gemacht. Sie verabschiedeten sich und legten einen Tag für Einkäufe, Friseur und Visagisten fest.

Am darauf folgenden Sonntag ging sie nochmals zur Anfängertanzstunde. Genau wie eine Woche zuvor, langweilte sie sich dort und war etwas unzufrieden, weil sie genau wusste, dass sie mit erfahrenen und guten Tänzern bereits schön tanzen konnte. Stattdessen setzte sie hier mit den anderen Anfängern zusammen ein paar nicht allzu harmonische Schritte. Im Anschluss an die Tanzstunde ging sie abermals zu der Tanzveranstaltung in der Bar. Doch dieses Mal war Ahmed nicht zu sehen. Er kreuzte den ganzen Abend nicht auf. Etwas frustriert von dem Anfängerkurs hatte Evangelina auch keine Lust, mit anderen Männern zu tanzen. So sah sie noch kurz den Tanzenden zu und verließ die Veranstaltung an diesem Abend schon sehr früh.

»So. Das war es dann wohl. Damit ist meine Entscheidung gefallen. Der Anfängerkurs macht für mich überhaupt keinen Sinn. Im Gegenteil. Das bremst mich nur

aus. Das Training und auch die Unterhaltung sowie die gesamte Zeit, die ich mit Peter verbringe, sind viel effizienter, spannender und bringen mich deutlich weiter. Einen Mann suche ich ohnehin nicht. Also warum sollte ich meine Zeit mit Anfängerkursen in dieser Bar verschwenden? Lieber nutze ich sie sinnvoller und intensiver für meine umfassende Weiterentwicklung in allen Bereichen, in denen ich noch Defizite habe. Hierfür ist Peter eindeutig der richtige Mann. Er wird mich sehr schnell voran bringen. In den letzten paar Wochen, und vor allem seit ich ihn kenne, ist so viel passiert, dass ich mich stärker weiterentwickelt habe als in den letzten Jahren. Mit Peter als Mentor wird es nicht mehr lange dauern, bis ich so weit bin, die Ansprüche von Maximilian zu erfüllen. Ich sollte meinem König über meine Entwicklung berichten, bevor es zu spät ist und er eine andere Frau gewählt hat. Er soll wissen, dass ich endlich aus meinem Dornröschenschlaf erwacht bin. Was soll schon passieren? Schlimmstenfalls erhalte ich mal wieder keine Antwort von ihm.«

So verfasste Evangelina am nächsten Tag einen ausführlichen Brief: »Mein verehrter König Maximilian, Dornröschen ist erwacht. Die Prinzessin ist so wach wie nie zuvor in ihrem Leben. Da Ihr sie wach geküsst habt, ist es ihr ein Anliegen, Euch voller Dankbarkeit hin und wieder Bericht zu erstatten – insbesondere was ihre Entwicklung hin zur Weiblichkeit betrifft. Der Prinzessin bereitet das Beschreiten dieses neuen Weges großes Vergnügen. Da es unmöglich ist, in einem dörflichen Umfeld eine Ausbildung zur Edeldame zu erhalten, habe ich mich auf den Weg nach Köln gemacht. Irgendeine höhere Macht hat mir für mein Vorhaben ein Pferd geschickt. Sein Name ist Hymnus. Es ist ein edles und freundliches Tier und schnell wie der Wind. Mein Hund Yeduri, den Ihr bereits kennt, hat uns begleitet und passt auf uns auf. Unterwegs habe ich viele freundliche und auch interessante Menschen getroffen. In der ersten Stadt, in der ich ein paar Tage verweilte, begegnete ich einem Mann, der mich sehr stark an Euch erinnert hat. Sein Blick, sein Auftreten, seine Präsenz waren nicht minder stark als die Euren. Und doch konnte er mich nicht für sich gewinnen, denn seine Sprache in der Welt der Lust und Leidenschaft ist sehr einfach, obwohl er ansonsten ein äußerst gebildeter Mann ist. Genau das ist mein großes Problem. Obwohl ich viele, überwiegend adlige Männer getroffen habe, um mich gezielt weiterentwickeln zu können, ist mir bisher keiner begegnet, für den die Sprache auch nur annähernd eine so große Rolle spielt wie für Eure Hoheit. Genau damit habt Ihr mich jedoch in Euren Bann gezogen. Mein Kopf war voller Gedanken an Euch in dieser besonderen Sprache. Diese Gedanken sind zu meinem Herzen gewandert, das sich mehr und mehr mit Liebe für Euch anfüllte, und schließlich in meinem Lustzentrum angekommen, welches ich völlig neu entdeckt habe. Dann flossen die Gedanken wieder zurück in meinen Kopf und der Kreis hat sich geschlossen. Ohne diese besondere Sprache, die ich durch Euch kennen und schätzen gelernt habe, wird eine solche Einheit von Geist, Herz und Lust für mich nicht zu erreichen sein. Aber ich kann doch nicht einen anderen Herrn die erwünschte Sprache lehren. Dann würde ich führen. Das möchte ich nicht. Ich bin eine Frau und möchte den Männern die Führung überlassen. Zu einem Mann, den ich führe, kann ich unmöglich aufblicken. Manchmal frage ich mich, ob ich zu viel vergleiche. Natürlich kann ich nicht erwarten, eine Kopie von Eurer Hoheit zu finden – denn die gibt es nicht. So bleiben mir nur drei Möglichkeiten: Ich muss den Rest meines Lebens als Nonne verbringen. Doch dazu bin ich viel zu jung. Außerdem habe ich inzwischen erfahren und genießen dürfen, was wahre Lust ist. Ich würde mich ewig danach verzehren. Oder aber ich muss mich mit einem Herrn begnügen, der Euch nicht im Entferntesten das Wasser reichen kann. Das würde mich ebenfalls sehr unzufrieden machen. Somit habe ich mich für die dritte Möglichkeit entschieden, nämlich Euch sehr bald davon zu überzeugen, dass ich so große Fortschritte gemacht habe, dass ich Euren königlichen Ansprüchen genügen kann.

Inzwischen bin ich seit einigen Wochen in Köln. Diese beeindruckende Stadt mit ihrer Vielfalt an Menschen und ihren unendlichen Möglichkeiten bietet mir einen geeigneten Rahmen für meine kontinuierliche Weiterentwicklung. Meinen ersten öffentlichen Auftritt in standesgemäßer Kleidung habe ich an der Seite eines Adligen bei einem Opernbesuch souverän gemeistert. Die Resonanz auf mein Tanzlehrer-Gesuch war überwältigend. Zwischenzeitlich hatte ich sogar mehrere private Tanzlehrer für die verschiedensten Tänze. Mittlerweile habe ich mich jedoch auf einen Tanzlehrer konzentriert, da dieser Herr dazu in der Lage ist, mich auch über das Tanztraining hinaus in meiner Entwicklung zu fördern und zu fordern, um mich darauf vorzubereiten, baldmöglichst ein würdiges Weib an der Seite eines Königs sein zu können. Peter bekleidet sein Ehrenamt mit großem Engagement, ohne eine Gegenleistung zu erwarten. Dies unterscheidet ihn von den meisten anderen Männern und ist sehr angenehm und entspannend für mich. Ich bin überzeugt, er wird ein sehr guter Freund werden.

Die kommenden Wochen dürften äußerst spannend und ereignisreich werden, denn ich habe einige Aufgaben bekommen. Darüber hinaus sind neben einem intensiven Tanztraining Besuche bei einem erlesenen Friseur und Visagisten geplant sowie meine gesellschaftliche Einführung auf einer großen Ballnacht. Es gibt einiges zu tun bis dahin.

Übrigens haben alle meine Tanzlehrer unabhängig voneinander festgestellt, dass ich mich sehr gut führen lasse. Ist die Führung des Herrn klar und eindeutig, so lasse ich mich freudig überall von ihm hinführen. Ein erfahrener Herr weiß, wo meine Grenzen sind, bringt mich immer wieder dorthin und teilweise auch darüber hinaus. Durch seine souveräne Führung kann sich mein bisher ungenutztes Potenzial entfalten – und dieses ist offensichtlich deutlich größer als ich bis vor Kurzem selbst zu träumen gewagt hätte ...

Ich hoffe, dass meine Zeilen ein Lächeln in Euer strenges Antlitz zaubern und Euch zumindest für einen Augenblick die Pflichten des Alltags vergessen lassen. Vermutlich bekomme ich wieder keine Antwort von Euch. Dies wird mich jedoch nicht daran hindern, irgendwann wieder einen aktuellen Bericht abzugeben. Es will eben wohl überlegt sein, Dornröschen wach zu küssen ...«

KAPITEL 17

Drei Tage später traf sie Peter am zeitigen Vormittag in einem Café in der Innenstadt. Nachdem sie kurz geplaudert hatten, machten sie sich auf den Weg, denn sie hatten einiges vor an diesem Tag. Zunächst durchstreiften sie ein paar Bekleidungsgeschäfte, um sich einen Überblick zu verschaffen. Dann gingen sie in einen Laden, der ausschließlich Tanzschuhe verkaufte. Peter hatte extra einen Termin für sie vereinbart. Evangelina erklärte dem Ladeninhaber gleich, dass sie aufgrund ihrer unförmigen Füße ein schwieriger Fall sei. Peter wiegelte ab, da er der Meinung war, dieses Problem existiere nur in ihrem Kopf. Er wünschte sich, dass sie zur Ballnacht einen femininen Schuh mit möglichst hohem Absatz tragen sollte. Der Verkäufer kam mit mehreren Paar unterschiedlicher Tanzschuhe, die Peters Wünschen entsprachen. Nach einigen Anproben musste auch Peter feststellen, dass das Problem nicht Evangelinas Fantasie entsprang, sondern durchaus real war. Der Verkäufer war sehr geduldig. Er suchte nach möglichen Lösungen und schlug einen Kompromiss zwischen schick und zweckmäßig vor. Nach etwa einer Stunde war es endlich geschafft. Sie war stolze Besitzerin ihres ersten Paars Tanzschuhe. Diese waren zumindest so bequem, dass sie nicht schmerzten, und auch für Peters Geschmack ausreichend schick.

Sie bedankten sich bei dem Ladeninhaber für seine Geduld und Hilfe und steuerten erneut die Bekleidungsgeschäfte an, in denen Evangelina diverse Kleider anprobieren musste. Hier waren sie schneller erfolgreich. Nach ein paar Anproben trug sie Peters Traumkleid. Es handelte sich um ein schwarzes paillettenbesetztes Kleid, welches über dem Knie endete. Die Ärmel waren aus schwarzer Spitze und das Dekolleté war tief ausgeschnitten – für Evangelinas Geschmack etwas zu tief. Peter fand den Ausschnitt hingegen perfekt, sodass sie das Kleid ohne lange zu zögern kaufte. Da bis zu dem Termin beim Friseur und Visagisten, welche sich praktischerweise im selben Haus befanden, noch Zeit war, suchten sie auch noch einige Wäscheläden auf. Sie kaufte auf Anraten von Peter halterlose Strümpfe sowie diverse schwarze Spitzenwäsche. Danach kehrten sie zum Mittagessen ein. Viel Zeit war nun nicht mehr.

Direkt im Anschluss an das Essen ging es weiter zum Friseur. Evangelina erkannte gleich, dass dies nicht irgendein Friseurladen war, sondern hier die Kölner Hautevolee verkehrte. Sie wurden von zwei Friseusen in Empfang genommen, die zusammen mit ihr und Peter beratschlagten, was kurz- und auch längerfristig mit ihrem Haar möglich sei. Peter tat seine Vorliebe für Hochsteckfrisuren kund. Doch schnell waren sich alle einig, dass die Haarpracht dafür noch nicht ausreiche. Die Friseusen machten ihr wenig Hoffnung, dass es möglich sei, ihr feines

Haar länger als schulterlang zu tragen. Dies frustrierte Evangelina ein wenig, da sie doch wusste, wie großen Wert Maximilian auf langes, wallendes Frauenhaar legte.

»Macht ihr mal. Das werden wir noch sehen, ob ich meine Haare nicht doch länger tragen kann. Das entscheide ich immer noch selbst beziehungsweise wird mein König mir schon sagen, wie ich mein Haar tragen soll«, dachte sie sich und ließ die Damen gewähren.

Als diese mit ihr fertig waren, waren alle mit dem Ergebnis mehr als zufrieden. Selbst Peter, der zuvor noch angeregt hatte, mal über gewisse Farbeffekte nachzudenken, war beeindruckt. Nach dem Trocknen glänzte ihr Haar wie Seide und war eindeutig ein Blickfang, auch ohne irgendwelche künstlichen Farben. Sie vereinbarten einen Termin für die Ballnacht und wurden sogleich von dem Visagisten abgeholt, der sie ein Stockwerk höher in sein Reich führte.

Sie hatte mit einem ganz anderen Typ Mann gerechnet. Was mochte das schon für ein Mann sein, der Frauen schminkt? Sie hatte ihn sich zart und zerbrechlich mit weicher Stimme und femininen Zügen vorgestellt. Doch Michael, so stellte er sich vor, war das genaue Gegenteil. Seine muskulösen und tätowierten Arme trug er selbstsicher zur Schau. Seine Stimme war tief und seine Gesichtszüge sehr männlich und markant. Gleichzeitig war seine Art zu sprechen sehr locker und angenehm. Evangelina sagte zunächst nichts, sondern überließ ihm die erste Einschätzung. Seine Analyse ergab, dass sie eine sportlich-elegante und natürliche Dame sei.

»Hast du es gehört, Peter, er hat elegant gesagt?«

Peter bestätigte schmunzelnd: »Ja, ich habe es gehört, meine Liebe.«

»Ja, Michael, ich habe mit Schminken keinerlei Erfahrung. Bisher kam ich auch ungeschminkt ganz gut durchs Leben. Aber nun möchte ich herausfinden, was da so alles möglich ist. Ich bin gespannt, was du mit mir anstellen wirst.«

»So in etwa habe ich mir das schon gedacht. Ich werde nicht übertreiben. Du sollst dich ja noch wiedererkennen. Nach und nach kann man das immer noch steigern. Du musst dich in erster Linie wohlfühlen damit.«

»Ich sehe, wir verstehen uns. Dein Ansatz kommt mir sehr entgegen. Dann lasse ich mich einfach mal überraschen.«

Sie befolgte seine Anweisungen, hielt still und sprach nicht mehr. Nach einer Weile wurde er kurz nach unten in den Friseurladen gebeten.

»Nicht in den Spiegel kucken, ich bin gleich zurück.«

Schon nach zwei Minuten konnte Evangelina sich nicht mehr beherrschen und schielte doch in den Spiegel.

Im gleichen Moment kam Michael die Treppe hoch. »Ich habe doch gesagt, nicht kucken.« Evangelina grinste verschmitzt. »Deine Anweisung war eben nicht dominant genug. Mit klaren Ansagen funktioniere ich auch.«

Obwohl er wütend wirken wollte, konnte auch er sich ein Lächeln nicht verkneifen. »Ach so ist das. Dann werde ich mir das für die Zukunft gut merken.«

Er machte weiter. Nach etwa 20 Minuten war er fertig. Sowohl Michael als auch Peter waren äußerst zufrieden mit dem, was sie sahen. Schließlich erhielt auch Evangelina die Erlaubnis, sich im Spiegel zu betrachten.

»Das ist durchaus gelungen. Ich gefalle mir sehr gut so und frage mich gerade, warum ich das nicht schon früher ausprobiert habe. Na ja, besser spät als nie.«

Sie vereinbarte auch mit Michael einen Termin für die Ballnacht.

Zum Abschluss des ereignisreichen Tages hatte Peter noch eine Überraschung für sie.

»So, meine Liebe, damit sich der ganze Aufwand mit Friseur und Visagist auch wirklich gelohnt hat, werde ich nun mehrere Zeichnungen von dir anfertigen. Das Zeichnen, insbesondere von Frauen, vorzugsweise als Akt, ist nämlich eine weitere große Leidenschaft von mir.«

»Ich komme aus dem Staunen gar nicht mehr heraus. Ich hätte nie gedacht, dass ein Mensch so vielseitig sein kann. Gibt es auch irgendetwas, das du nicht kannst? Ich bin zwar schon etwas müde von dem anstrengenden Tag, aber selbstverständlich bin ich gerne dein Modell.«

Sie befolgte alle seine Anweisungen. Peter zeichnete sie zunächst im Ballkleid, dann in schwarzer Spitzenwäsche und schließlich komplett nackt. Sie war begeistert davon, wie schnell er die Zeichnungen zu Papier brachte. Vor allem jedoch war sie beeindruckt von der Schönheit und Eleganz der Frau, die er zeichnete. Sie schaute abwechselnd die Zeichnungen an und blickte in den Spiegel.

»Das bin tatsächlich ich. Es ist unfassbar. Ich bin ganz anders als gewohnt und doch bin ich es. Was für einen riesigen Unterschied ein bisschen Frisieren und etwas Schminke doch machen können.«

Peter lächelte zufrieden. »Ja, das bist tatsächlich du. Das bist auch du. Ich sagte dir ja bereits, wie vielseitig du bist. Genau auf diesen Effekt hatte ich gehofft. Das war der Grund, warum ich dich zum Friseur und zum Visagisten gebracht habe. Ich wusste, dass dies zu einem Selbstbewusstseinsschub bei dir führen würde. Glaub mir, du bist ein heißer Feger. Wer dich mal abbekommt, hat echt Glück.«

»Ja, deine Rechnung ist aufgegangen. An diesem Tag heute mit dir habe ich mich mehr weiterentwickelt als die ganzen letzten Jahre, abgesehen von meinen Erfahrungen mit Maximilian und Christoph von Treuborn, aber das waren Erfahrungen in einem völlig anderen Bereich. Ich danke dir von Herzen für dein großes Engagement und für alles, was du für mich tust. Es war ein sehr langer Tag. Ich muss mich nun verabschieden. Aber ich freue mich jetzt schon auf unser nächstes Treffen.«

In ihrer Unterkunft angekommen, fiel Evangelina erschöpft und zufrieden mit sich und der Welt ins Bett.

Am nächsten Tag erhielt sie wieder einige Briefe. Noch immer bewarben sich Herren bei ihr als Tanzlehrer oder wollten sie anderweitig kennenlernen. Ein Brief war jedoch anders als alle anderen. Er hatte keinen Absender und trug ein außergewöhnliches Siegel. Sie öffnete ihn und traute ihren Augen kaum. Es war tatsächlich Maximilian, der ihr schrieb. Beim Lesen seiner Zeilen stockte ihr der Atem.

»Mein devotes Dornröschen, ich bin sehr erfreut über deine Entwicklung. Übersende mir unverzüglich Bilder deiner neu entdeckten Weiblichkeit. Ich bin sehr gespannt auf deinen Wandel. Leider ist es mir aktuell aufgrund wichtiger Staatsgeschäfte nicht möglich, mich persönlich davon zu überzeugen.«

Kurz und prägnant hatte er sich ihr mitgeteilt. Evangelina war völlig aufgedreht. Der König hatte ihr tatsächlich geantwortet. Damit hatte sie überhaupt nicht gerechnet. Sie hatte es gehofft, aber es für absolut unmöglich gehalten. Es klang so, als wäre er möglicherweise daran interessiert, sie wiederzusehen. Zum Glück hatte sie zwei Tage später ihr nächstes Treffen mit Peter.

KAPITEL 18

Er merkte gleich, dass sie anders war als sonst. »Du bist ja völlig aus dem Häuschen. Was ist denn los?«, wollte Peter wissen.

»Stell dir vor, er hat mir geantwortet. Maximilian hat meinen Brief beantwortet. Ich hatte es mir so sehr gewünscht, aber nicht daran geglaubt, dass er mir tatsächlich antworten würde. Jetzt bin ich völlig überfordert. Er hätte gerne Bilder von meiner Weiblichkeit. Was soll ich nur tun?«

»Beruhige dich erst mal. Das ist doch toll! Schick ihm einfach die Zeichnungen, die ich von dir angefertigt habe. Ich bin sicher, er wird begeistert sein.«

Sie sah in fragend an. »Meinst du wirklich? Ja, die Zeichnungen sind sehr gelungen. Aber was ist, wenn er mich bald wieder sehen möchte? Ich bin doch noch gar nicht so weit in meiner Entwicklung. Ich hatte gehofft, dass ich vielleicht in zwei Jahren eine erneute Chance bekomme und nicht jetzt, nach so kurzer Zeit. So weit bin ich noch nicht, dass ich ihn zufrieden stellen könnte. Ich werde wieder versagen. Ich bin noch nicht ausreichend vorbereitet für ihn. Er wird enttäuscht sein und mir sicher keine dritte Chance geben. Hätte ich mich nur zurückgehalten und ihm nicht in einem Anflug von Euphorie völlig verfrüht geschrieben.«

Peter schüttelte ungläubig den Kopf. »Da soll mal

einer die Frauen verstehen. Du arbeitest seit drei Monaten hart an dir, um Maximilian zurückzugewinnen. Nun hast du die Chance dazu, wenn auch deutlich früher als erwartet, und verfällst in Panik. Dazu hast du überhaupt keinen Grund. Wir haben intensiv an deiner Körperhaltung, deinen Bewegungen und deiner Selbstsicherheit gearbeitet. Du hast in den paar Wochen, seit wir uns kennen, schon eine ganz andere Ausstrahlung und Präsenz bekommen. Ich wüsste nicht, wovor du Angst haben müsstest. Höchstens davor, dass eine andere Frau ihn dir vor der Nase wegschnappt, wenn du zu lange zögerst. Noch hat er dir keinen Termin für ein Treffen genannt. Bis es dazu kommen wird, werden wir weiterhin unser Tanztraining haben und auch in den anderen Bereichen für deine Weiterentwicklung sorgen. Ich bin sicher, die große Ballnacht in vier Wochen wird dir gut tun. Danach solltest du umfassend vorbereitet sein.«

»Ja, du hast Recht. Ich bin mal wieder in alte Muster verfallen. Gleich morgen werde ich die Zeichnungen an Maximilian schicken. Ich bin gespannt, was passieren wird.«

Er nickte. »So gefällst du mir wieder viel besser. Nun lass uns keine Zeit verlieren und alle Tänze, die du bisher kennst, durchgehen.«

Peter arbeitete sehr intensiv mit ihr und verabschiedete sich noch später als üblich. Evangelina schlief unruhig in dieser Nacht. Ob dies dem Vollmond geschuldet war oder ihren Gedanken an Maximilian, wusste sie selbst nicht.

Am nächsten Morgen steckte sie die Zeichnungen in einen Umschlag. Ihr Begleitschreiben hielt sie dieses Mal kurz, da sie Maximilian keinesfalls überfordern wollte. Den Rest des Tages träumte sie jedoch von einem glücklichen Leben zusammen mit ihrem König, davon wie sie ihn auf diplomatischen Reisen begleiten, ihm in Kriegszeiten Mut zusprechen und ihn pflegen würde, wenn er in der Schlacht verwundet würde. Sie stellte sich vor, wie sie auf einer Anhöhe mit Sicht auf das Königliche Schloss picknicken und zusehen würden, wie ihre gemeinsamen Kinder in der Sonne lachten und spielten.

In den folgenden Tagen machte sie sich einen Plan. An den Tagen, an denen sie Peter nicht sah, arbeitete sie alleine weiter an sich, ihren Bewegungen, ihrer Haltung und ihrer Ausstrahlung. Sie wollte sich auf keinen Fall vorwerfen müssen, erneut zu versagen, weil sie zu faul gewesen wäre, sich genügend vorzubereiten.

Es folgten zwei weitere Treffen mit Peter, die sie abermals weiter voran brachten, und schließlich auch eine Antwort von Maximilian: »Welch ein schöner Wandel, Evangelina. Wie ich sehe, warst du sehr fleißig. Die Bilder von dir sind äußerst reizend und einladend. Somit hast du es dir auch verdient, dich mir weiterhin in lustvollen Bildern und Gedanken anzubieten. Du bist ab sofort wieder meine devote

Schülerin. Ich werde dir als Mentor Aufgaben stellen, um dich weiter auszubilden und auf unser nächstes Treffen vorzubereiten. Als deine Hoheit habe ich jegliches Recht, deine Dienste einzufordern und dich zu benutzen, wann immer und wo immer es mir beliebt. Du hast alle meine Befehle zu befolgen. Wenn ich Verlangen nach dir verspüre, hast du dich mir zur Benutzung anzubieten, so wie ich es dich gelehrt habe. Also übe weiter die dir bisher bekannten Dinge. Ich werde dir nun regelmäßig Aufgaben zur Förderung deiner Lust und Leidenschaft stellen. Diese hast du, wie befohlen, zu erledigen und mir direkt im Anschluss ausführlich darüber zu berichten – über die Art der Ausführung, über deine Lust und Erregung und was immer du noch dabei empfinden mögest. Schildere alles detailliert und in blumiger, anregender Sprache.«

»Ich hätte nicht gedacht, dass er so schnell wieder anbeißen würde. Wie einfach es doch eigentlich war. Ich dachte, ich brauche mindestens zwei Jahre. Nun denn, schön genug bin ich offensichtlich. Bleibt nur zu hoffen, dass ich mich bei unserem nächsten Treffen auch schön und gut genug für ihn fühle und dies auch ausstrahle. Wenn ich es nicht selbst fühle und aussende, werden mir auch die Schminke vom Profi und eine perfekte Frisur nicht weiterhelfen. Mal abgesehen davon, dass sowohl Schminke als auch Frisur noch keine fünf Minuten stand halten, wenn meine Hoheit sich um mich kümmert. Hoffentlich werde ich noch zumindest ein paar Wochen Zeit haben, um mich auf ihn vorzubereiten.«

Sie beantwortete seinen Brief: »Meine verehrte Hoheit, ich bin hoch erfreut, dass ich mir Eure Aufmerksamkeit wieder verdient habe und dass Ihr Eure Rechte wieder in Anspruch zu nehmen gedenkt. Da ich Euch immer gut zugehört habe, weiß ich, dass Eure Hoheit niemals willkürlich handeln würde, sich ihrer großen Verantwortung stets bewusst ist und mich jederzeit behüten und beschützen wird, solange ich Eure Schülerin und Euer Weib bin. Aus diesem Grund gibt es nichts auf der Welt, was ich lieber täte, als Euch zu dienen. Ich bin überzeugt, dass ich Euch künftig bessere Dienste leisten kann, als dies in der Vergangenheit der Fall war, und werde mich nach Kräften bemühen, Euch stolz und glücklich zu machen. Selbstverständlich werde ich pflichtbewusst die mir bekannten Dinge üben. Darüber hinaus erwarte ich mit Freuden jegliche Aufgaben, die Eure Hoheit mir stellen wird, und werde, wie von Euch befohlen, anregend darüber berichten.«

Einige Tage später traf ein Paket vom Königshof für sie ein. Evangelina öffnete es erwartungsvoll. Abgesehen von den klassisch eleganten schwarzen Damenschuhen mit Absatz, fand sie darin ihr bisher unbekannte Gegenstände sowie einen Brief:

»Meine devote Schülerin Evangelina, alles, was in diesem Paket enthalten ist, habe ich persönlich nach meinem Geschmack für dich ausgewählt. Dies ist zunächst deine Grundausstattung. Übe täglich, in diesen Schuhen zu gehen. Es reicht, wenn du dich im

Privaten darin bewegst. Sobald du darin sicher und elegant laufen kannst, darfst und solltest du solche Schuhe natürlich auch in der Öffentlichkeit tragen, um deine Weiblichkeit zu unterstreichen. Ich werde dir früh genug bekannt geben, wann und wo du mir zur Benutzung und Überprüfung deiner Fortschritte zur Verfügung stehen wirst. Damit du dich bis dahin auch genügend vorbereiten kannst, wirst du zur Förderung deiner Lust, zu deiner Sensibilisierung und zum Zeichen deiner absoluten Unterwürfigkeit ab heute jeden Tag 30 Minuten lang den Analplug tragen. Des Weiteren wirst du jeden Abend zehn Minuten lang die Klammern an deine Nippel stecken. Sollte dich die Geilheit währenddessen oder danach überkommen, so hast du dich zu befriedigen und mir dies umfassend zu beichten. Dies sind deine Aufgaben bis auf Weiteres. Befolge sie und mache deine Hoheit stolz.«

Evangelina begann unverzüglich mit der Erledigung ihrer Aufgaben. Die Schuhe waren in der Tat eine Herausforderung. Sie waren aus weichem, schwarzem Leder in dezenter Schlangenoptik. Der Absatz war fast 10 Zentimeter hoch, während die Absatzfläche kaum so groß war wie der Nagel ihres kleinen Fingers. Nach ihren ersten holprigen Schritten war ihr klar, dass sie lange üben müsste, um darin auch nur halbwegs elegant gehen zu können.

»Vielleicht hat Peter ein paar Tipps, wie es mir gelingen könnte, mich darin besser zu bewegen. Ich werde mir

erst mal die anderen Dinge ansehen. Der Analplug ist
echt klein und sieht richtig niedlich aus mit seinem edlen
Kristall am Ende. Wenn Maximilian wüsste, was Chris-
toph von Treuborn mit mir angestellt hat, hätte er sicher
ein größeres Modell gewählt. Ich muss unbedingt auch
Christoph über die neuesten Entwicklungen informieren.
Vielleicht hat er noch ein paar hilfreiche Ratschläge für
mich. Diese Metallklammern sehen auch sehr edel aus.
Dann werde ich jetzt alles ausprobieren, wie Maximilian
es befohlen hat, und das Ganze auf mich wirken lassen.«

Behutsam führte sie den Analplug ein. Das war eindeutig gewöhnungsbedürftig, aber zumindest nicht
schmerzhaft, wenn man sich genügend Zeit dafür
nahm. Sie bewunderte den Kristall zwischen ihren
Pobacken und konnte sich gut vorstellen, dass dieser Anblick Maximilian erfreuen und erregen würde.
Danach befestigte sie die Klammern an ihren Nip-
peln. Dies war an diesen hochsensiblen Stellen ihres
Körpers etwas schmerzhaft. Dennoch erregte sie
der Anblick ihrer nun harten Nippel so sehr, dass sie
feucht wurde. Ganz offensichtlich befahl Maximilian
nichts ohne Grund, sondern wusste um die Auswir-
kungen seiner Anweisungen. So gab sie sich ihren
lustvollen Gedanken an ihn hin und befriedigte sich
mehrmals.

Direkt im Anschluss schrieb sie ihm einen Brief
und schilderte darin ausführlich ihre Fantasien:
»Meine geschätzte Hoheit, ich habe soeben erstmals
meine neuen Aufgaben gemäß Euren Anweisungen

erledigt und muss Euch beichten, dass mich mein eigener Anblick derart erregt hat, dass ich sehr feucht wurde und große Lust verspürt habe. Während ich mich befriedigt habe, habe ich mir folgendes Szenario vorgestellt:

›Eure Hoheit teilt mir mit, dass es nun an der Zeit sei, mich erstmals anal zu benutzen. Dies gehöre zur Ausbildung eines guten Lustweibes dazu. Ich danke Eurer Hoheit dafür, dass mir diese Ehre zuteil wird. Trotz aller Lust, die ich verspüre, wann immer Ihr auch nur in meiner Nähe seid, zögere ich zunächst. Aufgrund meiner Unerfahrenheit getraue ich mich nicht, Euch mein Hinterteil zu präsentieren, so wie es sich gehören würde. Ihr wisst jedoch, dass ich mich Euch niemals verweigern würde. Daher befehlt Ihr mir sanft, aber bestimmt, mich vor Euch aufs Bett zu knien und Euch mein Hinterteil anzubieten. Ich gehorche, jedoch noch immer ein wenig zögerlich. Als ich den wohl dosierten Druck Eurer Hände auf meinem Hintern spüre, weiß ich, dass mir nichts Schlimmes widerfahren wird und entspanne mich etwas. Langsam und zart streicht Ihr wieder und wieder mit Eurer prallen Eichel über die Stelle, an der noch kurz zuvor der Kristall meines Analplugs funkelte. Solange bis ich vor Erregung tropfe und Euch anflehe, Euch nun endlich in mir spüren zu dürfen. Ihr seid dieses Mal gnädig und lasst mich nicht ewig warten und betteln. Ihr vermischt meinen Lustsaft mit Euren ersten Lusttropfen und dringt nun behutsam Zentimeter für Zentimeter in meinen Po ein. Ich verharre regungslos unter dem stärker werdenden Druck, bis ich Euch ganz in mir aufgenommen habe. Auch Ihr haltet kurz inne und beginnt dann, Euch langsam in mir zu bewegen. Ihr sagt mir, wie sehr es Euch erregt, mich erstmals so zu fühlen. Ich danke Euch. Eure Stöße werden allmählich fordernder. Dies heizt meine Lust weiter an. Ich bettele darum, dass Ihr mich nicht mehr schont, sondern fester nehmt. Ihr umfasst mein Hinterteil nun kraftvoll und nehmt mich hart und schnell ran, bis ich Euch schließlich völlig erschöpft anflehe, mir Euren hoheitlichen Saft zu schenken.

›Ja, den hast du dir heute verdient‹, höre ich Euch sagen. Nach ein paar weiteren heftigen Stößen genießen wir beide Euren Orgasmus und ich fühle wie Ihr Euch warm in mir ergießt. Diese Wärme fließt durch meinen gesamten Körper. Ihr zieht mich an Euch und lasst mich fühlen, wie stolz ich Euch gemacht habe. Ihr streichelt zart meinen Bauch, meine Brüste und mein Gesicht. Dann küsst Ihr mich sanft als Belohnung dafür, dass ich Euch so hingabevoll gedient habe.‹

Ich hoffe sehr, dass meine Zeilen nach Eurem Geschmack sind und Euch anregen. Bitte lasst mich nicht mehr so lange auf Euch warten. Ich vermisse Euch so sehr und fühle mit jedem Tag mehr Liebe, mehr Lust und mehr Leidenschaft, wenn ich an Euch denke. Ich habe so hart an mir gearbeitet, dass ich nun hinreichend vorbereitet bin, um Euch ein gutes Lustweib und Weib zu sein. Gerne würde ich Euch dies baldmöglichst persönlich beweisen.«

KAPITEL 19

Maximilians Antwort ließ nicht lange auf sich warten: »Mein devotes Lustweib, du hast mich mit deinen Zeilen sehr erfreut und angeregt. Zweifellos bist du inzwischen sehr viel reifer als bei unserer ersten Begegnung. Daher wirst du es dir auch bald verdient haben, genau so von mir benutzt zu werden, damit deine Lust noch weiter gesteigert wird. Bedenke, dies ist erst der Anfang. Ich werde dich noch sehr viel mehr entdecken lassen. Ich bin sicher, du wirst mir noch eine Menge Freude und Lust bereiten und ein ganz besonderes Weib für mich werden. Bedauerlicherweise ist der Zustand der Königinmutter derart besorgniserregend, dass es aktuell nicht absehbar ist, wann wir uns wiedersehen werden und du deine zweite Reifeprüfung ablegen kannst. Sobald sich ihr Zustand stabilisiert hat, werde ich es dich wissen lassen. Bis dahin werde ich mich kaum um dich kümmern können. Daher übe dich in Geduld und erfreue mich weiterhin mit deinen Aufgaben und anregenden Zeilen.«

Dieser Brief löste gemischte Gefühle bei Evangelina aus: »*Ich weiß nicht, was ich davon halten soll. Einerseits lobt er mich und scheint tatsächlich daran zu glauben, dass ich ein gutes Weib für ihn sein könnte. Andererseits hat er es offenbar überhaupt nicht eilig, mich wiederzusehen, und schreibt mir auch noch, dass er sich kaum* um mich kümmern kann. Ich bin wirklich ein geduldiger Mensch, aber ich kann meine kostbare Zeit doch nicht länger mit Warten verbringen. Das geht nicht mehr. Ich bin endlich wach und weiß inzwischen, wie wichtig es ist, seine Zeit sinnvoll und effizient zu nutzen. Das Leben geht so schnell vorbei. Ich möchte nicht mehr schlafen, sondern mich immer weiterentwickeln. Es kann doch nicht sein, dass er der einzige ist, der für das Wohlergehen der Königinmutter zuständig ist. Ob er wohl immer so beschäftigt ist? Wenn er sowieso nie Zeit für mich hat, weiß ich nicht, ob es wirklich Sinn macht, ihm zu dienen. Nun gut, das Warten hat natürlich den Vorteil, dass ich ausreichend Zeit haben werde, um mich auf meine zweite Prüfung vorzubereiten. Vor ein paar Wochen bin ich noch in Panik verfallen, weil ich viel mehr Zeit zur Vorbereitung für erforderlich hielt. Heute erfahre ich, dass ich diese Zeit haben werde, und bin auch nicht zufrieden. Irgendwie kann man es mir auch nicht recht machen.«

In den folgenden Tagen bereitete sie sich auf die bevorstehende Ballnacht mit Peter vor. Außerdem erledigte sie weiterhin ihre von Maximilian aufgetragenen Aufgaben gewissenhaft, einschließlich der Briefe an ihn, in denen sie die Ausführung ihrer Aufgaben beschrieb und ihre Gefühle schilderte. Es kam jedoch keine Antwort von Maximilian. Wenngleich sie damit nach seiner Ankündigung, dass er sich kaum um sie kümmern könne, auch nicht gerechnet hatte, gefiel es ihr überhaupt nicht, dass sie rein gar nichts von ihm hörte.

Stattdessen bekam sie einen langen Brief von Christoph von Treuborn: »Liebe Evangelina, ich habe lange nichts von dir gelesen. Ich hoffe, es geht dir gut und du kommst mit deinem Vorhaben voran, auch wenn sich mir nach wie vor der Sinn nicht so ganz erschließt. Gerade sind mir die folgenden 10 Regeln eines unbekannten Verfassers in die Hände gefallen, die sicherlich einen guten Leitfaden für dich darstellen könnten:

Regel 1
Ein gutes Lustweib wählt sich seinen Herrn selbst. Dieser entscheidet dann, ob er es als Lustweib annimmt.

Regel 2
Viele fühlen sich berufen, Herr zu sein, aber nur wenige sind es wirklich. Daher ist die erste und wichtigste Lektion eines angehenden Lustweibes, seinen Herrn mit Bedacht zu wählen.

Regel 3
Ein guter Herr wird sein Lustweib niemals beleidigen, egal wie hart die Aufgaben auch sein mögen, die er ihm aufträgt.

Regel 4
Ein guter Herr weiß, dass er und sein Lustweib eins sind. Sie ist nichts ohne ihn und er ist nichts ohne

sie. Der Herr ist immer bei seinem Lustweib und das Lustweib ist immer bei seinem Herrn, wenn nicht physisch, dann zumindest in Gedanken. Er ist ihr Licht, das sie leitet. Sie ist sein kostbarster Besitz, den er notfalls mit seinem Leben verteidigen wird.

Regel 5

Ein guter Herr ist sich seiner Verantwortung gegenüber seinem Lustweib bewusst. Er ist stets um das seelische Gleichgewicht sowie die körperliche Unversehrtheit seines Lustweibes bemüht.

Regel 6

Ein guter Herr entfacht das Feuer in seinem Lustweib. Ein gutes Lustweib brennt für seinen Herrn und lässt auch ihn brennen. In diesem Feuer schmieden sie gemeinsam den Ring der Verbundenheit, der sie vereint.

Regel 7

Ein guter Herr lässt seinem Lustweib weder Gewalt noch Furcht angedeihen. Dies sind keine wirksamen Erziehungsmittel, um einem Lustweib Freude am Dienen und an seiner Hingabe zu bereiten. Ein Lustweib, das so behandelt wird, hat nicht nur das Recht, sondern die Pflicht, seinen Herrn, der keiner ist, zu verlassen.

Regel 8

Ein gutes Lustweib wird sich dem selbst gewählten

Herrn mit Leib und Seele anvertrauen. Es wird seine Anweisungen und Befehle freudig befolgen. Sein Wille ist ihr Wunsch. Sie wird sich ihm immer wieder freiwillig schenken und stolz darauf sein, ihm zu gehören. Es ist ihr Wunsch, dass er sie fordert.

Regel 9

Ein guter Herr gibt seinem Lustweib die Sicherheit seiner Zuwendung. Er wird herausfinden, wie er ihre Bereitschaft, ihm zu dienen, und ihre Hingabe ihm gegenüber weiter fördern kann. Entscheiden wird immer der Herr, zuweilen anders als es seinem Lustweib lieb ist. Das sind die entscheidenden Momente. Folgt sie seinem Willen ohne zu Zögern, so wird dies ihre Verbundenheit weiter stärken. Stellt sie ihn in Frage, so bricht der Ring entzwei.

Regel 10

Ein Lustweib weiß, dass es den richtigen Herrn gewählt hat, wenn es ihm bedingungslos vertraut und zwischen beiden absolute Ehrlichkeit und Offenheit herrschen.

Was mich angeht, so bin ich übrigens noch immer an dem ›Herr, darf ich-Spiel‹ interessiert. Meine ehemals bevorzugte Gefährtin treffe ich nicht mehr. Sie hat mich hintergangen und spielt anscheinend nur mit Menschen. Mir gegenüber hat sie sich sehr devot gezeigt. Wie ich erfahren musste, trifft sie sich hinter meinem Rücken mit diversen devoten Männern und bedient deren Neigungen, indem sie diese dominiert. Als ich sie darauf angesprochen habe, hat sie zunächst alles abgestritten, um es dann schließlich doch zuzugeben. Wir haben uns darauf geeinigt, uns nicht wiederzusehen, solange sie ihre ausgeprägte Neigung zum Lügen nicht ablegen kann. Sie versucht nun, ihr Leben zu ordnen. Ich versuche dasselbe ...«

»Christoph ist besorgter um mich als ich dachte und, wie es scheint, selbst nicht gerade uninteressiert an mir. Er ist ein ausgesprochen spannender, charismatischer Mann. Aber ob das mit uns funktionieren könnte? Mit seiner animalischen Gefährtin, der er zumindest vorübergehend den Laufpass gegeben hat, kann ich wohl kaum mithalten. Das möchte ich auch gar nicht. Seinen Schilderungen zufolge war sie mir von Anfang an suspekt. Hätte ich nicht wieder Kontakt zu Maximilian, so würde ich es ganz sicher mit Christoph versuchen wollen, sofern er sich auch von seinem restlichen Harem trennen würde.«

Sie beantwortete sogleich seinen Brief: »Lieber Christoph, es tut mir leid, dass ich mich solange nicht gemeldet habe. Habt Dank für den Leitfaden, den Ihr mir geschickt habt. Ich freue mich über alle Informationen, die ich zu dieser besonderen Spielart erhalten kann. Mit meinem Vorhaben komme ich besser als erwartet voran. Ich habe tatsächlich wieder Kontakt zu Maximilian. Er hat mich erneut als seine devote Schülerin angenommen. Das bedeutet, dass ich nur ihm alleine dienen darf. Daher kann ich Euch zum jetzigen Zeitpunkt das ›Herr, darf ich-Spiel‹ nicht zeigen. Leider ist es dem König aufgrund zahlreicher Verpflichtungen im Moment nicht möglich zu reisen oder mich zu empfangen, sodass wir uns nur schreiben. Er stellt mir Aufgaben, um mich auf unser nächstes Treffen, wann immer das sein wird, vorzubereiten. Einerseits ist es aufregend, diese Aufgaben für ihn zu erfüllen und ihm alles zu schildern, andererseits ist es schon ein wenig frustrierend, ihn nicht sehen zu können und abwarten zu müssen. Meine Ungeduld wächst von Tag zu Tag. Es tut mir sehr leid für Euch, wie sich die Dinge mit Eurer bevorzugten Gefährtin entwickelt haben. Ich hatte diesbezüglich von Anfang an ein ungutes Gefühl. Wenn ich irgendetwas für Euch tun kann, lasst es mich wissen. Für heute muss ich mich verabschieden. Ich habe noch einiges zu erledigen. Morgen habe ich meinen ersten großen Auftritt als Edeldame in der Öffentlichkeit. Ich habe mich in den letzten Wochen intensiv meiner Tanzausbildung gewidmet. Morgen wird mein aktuell einziger Tanzlehrer mich zur großen Ballnacht in Köln ausführen. Es ist sehr bedauerlich, dass Ihr dem Tanzen nichts abgewinnen könnt. Ich wünsche Euch alles Gute und freue mich, bald wieder von Euch zu lesen. Bis dahin, alles Liebe, Evangelina«

Peter holte sie am nächsten Morgen schon früh ab. Der Ball war zwar erst am Abend, aber sie hatten noch einiges vor. Wie schon ein paar Wochen zuvor, gingen sie erneut gemeinsam zum Friseur und zum

Visagisten und erledigten noch ein paar Einkäufe. Beim Kaffeetrinken berichtete Evangelina ausführlich von ihrem Kontakt zu Maximilian.

Peter war hoch erfreut. »Ich wusste, dass er wieder anbeißen würde. Ich freue mich sehr für dich. Ehrlich gesagt, bin ich auch ein bisschen stolz auf mich. Mein Plan ist aufgegangen. Es ist beeindruckend, wie sehr du dich in den letzten Wochen verändert hast. Du bist innerhalb kürzester Zeit vom Entlein zum Schwan geworden. Ich denke, du bist bereit für ihn. Mal sehen, was der heutige Abend bringen wird.«

Peter hatte zwei getrennte Zimmer für sie in einer noblen Unterkunft direkt neben dem Veranstaltungsort gemietet. Sie zogen sich beide in ihre Zimmer zurück, um sich frisch zu machen. Er kündigte an, sie um 19.30 Uhr abzuholen. Als Evangelina im Badezimmer fertig war, zog sie langsam die Kleidung an, die sie zuvor auf dem Bett zurecht gelegt hatte – schwarze Spitzen-Unterwäsche, ihr schwarzes paillettenbesetztes Kleid mit tiefem Dekolleté, hautfarbene Strümpfe und ihre Tanzschuhe. Zudem hatte sie sich extra ein Paar elegante, mit Kristallen besetzte feminine Ohrringe in Tropfenform gekauft, die sie zum Schluss anlegte. Während sie sich noch im Spiegel betrachtete, klopfte es schon. Es konnte nur Peter sein. Sie bat ihn, einzutreten.

»Du siehst echt atemberaubend aus. Wirklich schade, dass Maximilian dich nicht so sehen kann.

Ich bin sicher, er wäre beeindruckt. Nun komm, wir müssen los.«

Er bot ihr seinen Arm an, den sie dankbar annahm. Sie kamen gerade noch pünktlich zu der ausverkauften Veranstaltung. Als sie ihre Plätze eingenommen hatten, begann die Ansprache und es gab eine kurze Tanzvorführung, bevor die Tanzfläche für alle eröffnet wurde. In dem Getümmel auf der Tanzfläche fiel es wahrlich nicht auf, ob jemand gut oder weniger gut tanzen konnte. Evangelina fühlte sich anfangs nicht sonderlich wohl, da es im Gegensatz zu ihren Übungsstunden alles sehr beengt war und sie hin und wieder von anderen tanzenden Paaren angerempelt wurden. Peter beeindruckte das jedoch überhaupt nicht. Er führte sie sicher über die gesamte Länge und Breite der Tanzfläche. Mit der Zeit wurde Evangelina ebenfalls entspannter. Während sie kurz pausierten, näherte sich ein stattlicher Herr, der sie um den nächsten Tanz bat. Peter nickte aufmunternd, sodass sie einwilligte. Sie tanzte an diesem Abend viel mit Peter und auch mit anderen Männern. Doch der stattliche Herr, der sich als Maximus vorstellte, schien es auf sie abgesehen zu haben. Er sparte nicht mit Komplimenten und bot sich an, ihr weitere Tänze beibringen zu können. Sie war zwar höflich, lehnte jedoch sein Angebot ab und ließ sich weder auf eine Verabredung ein noch gab sie weitere Informationen von sich preis. Als der Abend zu Ende war, verabschiedete er sich mit den Worten: »Ich bin sicher, wir sehen uns wieder, Lady Evangelina.«

Peter brachte sie bis zu ihrer Zimmertür und verabschiedete sich mit einem Kuss auf ihre Wange. »Ich hole dich zum Frühstück ab. Schlaf gut. Du hast dich für deine erste Ballnacht wirklich tapfer geschlagen.«

Sie konnte nicht gleich schlafen. Ihre Gedanken wanderten: *»Dieser Maximus ist ein komischer Typ. Irgendwie habe ich mich in seiner Gegenwart unbehaglich gefühlt. Überhaupt ist alles komisch. Ich besuche mit meinem Tanzlehrer eine Ballnacht. Peter schläft nebenan alleine. Ich schlafe hier alleine. Ob Maximilian wohl auch alleine schläft? Warum nur findet er keine Zeit für mich? Ja, sicher ist ein König ein viel beschäftigter Mann. Aber wenn er gar keine Zeit für mich hat, dann macht das alles keinen Sinn. Wie soll ich ihn erfreuen, wenn ich ihn nie sehe? Warum bindet er mich wieder an sich, wenn er von seinen Rechten und Ansprüchen keinerlei Gebrauch macht? Ich kann nicht ewig warten – auch nicht auf einen König.«*

Kapitel 20

Am nächsten Morgen sprach sie beim Frühstück mit Peter darüber. Er hatte, wie immer, eine passende Antwort.

»Das ist doch ganz einfach. Wenn der Berg nicht zum Propheten kommt, dann muss der Prophet eben zum Berg gehen. Du bist so weit. Der gestrige Abend war deine Generalprobe. Es war dein erster Auftritt in der Öffentlichkeit als Edeldame. Niemandem ist aufgefallen, dass alles neu für dich ist. Du bist bestens vorbereitet. Etwaige Unsicherheiten existieren allenfalls noch in deinem Kopf. In ein paar Wochen ist am Königshof in Düsseldorf eine große öffentliche Ballnacht. Dort solltest du unbedingt hingehen. Dein König wird gar nicht anders können als sich in dich zu verlieben. Wenn er klug ist und dich nicht an einen anderen Mann verlieren will, wird er sich künftig mehr und besser um dich kümmern.«

»Meinst du wirklich, ich kann einfach dort aufkreuzen? Ich weiß nicht, ob das eine gute Idee ist. Maximilian wird sicher wütend auf mich sein, wenn ich einfach ohne Vorankündigung zum Ball erscheine. Womöglich wird er mich sogar zur Strafe verbannen. Wenn ich mich jedoch ankündige, könnte es sein, dass er es mir verbieten wird.«

»Was hast du denn zu verlieren? Einen Mann, den du nie siehst. Wenn er dich verbannt, siehst du ihn eben weiterhin nicht. Wenn er ein bisschen wütend ist, bekommst du deine Strafe. Aber darauf stehst du ja. Ich besorge dir einen guten Friseur und Visagisten in Düsseldorf. Dann wird sich seine Wut in Grenzen halten«, sagte Peter grinsend.

»Ja, du hast Recht. Ich will, dass endlich etwas passiert. Dieser Stillstand macht mich wahnsinnig. Entweder höre ich gar nichts von ihm oder er schreibt mir nur knapp, dass er noch immer damit beschäftigt ist, die bestmögliche Versorgung für die schwer kranke Königinmutter zu bekommen. Oder aber er hat dringende sonstige Dinge zu erledigen. Er lobt mich zwar für meine Fortschritte, aber es tut sich einfach nichts. Das kann doch nicht ewig so weiter gehen. Ich will mein Leben nicht mit Warten verbringen.«

Als sie wieder zurück in der Herberge war, lag ein Brief von Christoph von Treuborn für sie bereit: »Liebe Evangelina, das klingt für mich alles sehr sonderbar mit deinem König. Du kennst meine Meinung zu Königen und deren Verhalten. Ich glaube, er spielt nur mit dir. Du wirst ihn niemals wiedersehen. Ich habe dich kennen und schätzen gelernt und ich möchte nicht, dass er dein Herz bricht. Daher wiederhole ich meine Warnung: ›Beachte, was er tut, nicht was er sagt!‹ Um mich musst du dir keine Sorgen machen. Wie ich dir schon sagte, halte ich mein Herz verschlossen. Es macht mir nichts aus, sie nicht mehr zu sehen.«

Evangelina ging in sich: »*Es gefällt mir überhaupt*

nicht, was Christoph geschrieben hat. Er ist immer so negativ und misstrauisch, wenn es um meine Hoheit geht. Bloß weil er von seiner Gefährtin hintergangen wurde, heißt das nicht, dass Maximilian mich ebenfalls hintergeht und nur mit mir spielt. Warum sollte er mir überhaupt schreiben, wenn er mich nicht wiedersehen möchte? Andererseits könnte Christoph natürlich auch Recht haben. Es gefällt mir zwar nicht, aber ich muss zugeben, dass das in der Tat alles sehr sonderbar ist. Ich werde mir seine Warnung zu Herzen nehmen und ab sofort sehr genau darauf achten, ob die Worte und Taten von Maximilian miteinander übereinstimmen. Was ich jedoch niemals tun werde, ist mein Herz zu verschließen, jetzt, da es sich zum ersten Mal voll und ganz für jemanden geöffnet hat. Wenn es mal wehtut, dann ist das eben so und ich weiß zumindest, dass ich noch lebe. Wer sein Herz verschließt und nichts mehr fühlt, der hat aufgehört zu leben.«

Evangelina war entschlossen, Peters Rat zu befolgen und unangekündigt bei der Ballnacht am Königshofe aufzutauchen. Sie wollte ihre Zeit von nun an ausschließlich nutzen, um sich darauf vorzubereiten. Nach wenigen Tagen war sie bereits zufrieden mit sich. Sie hatte sich in den vergangenen Wochen derart weiterentwickelt und alle Aufgaben, die Maximilian ihr gestellt hatte, zu seiner Zufriedenheit erfüllt, sodass ihr nichts mehr einfiel, was sie noch hätte tun können, um sich noch besser vorzubereiten. Egal, was sie noch für eine perfekte Vorbereitung tun würde, er würde sie ohnehin wieder mit irgendetwas überraschen, worauf sie flexibel reagieren müsste. So würde es wohl immer sein. Sie würde nie wissen, was kommt. Gerade das war ja so reizvoll an ihm und unterschied ihn von anderen Männern, die so leicht durchschaubar waren und so vorhersehbar agierten oder, noch schlimmer, nicht agierten, sondern nur reagierten.

Wenige Tage nach ihrem Entschluss erhielt sie einen Brief von Maximilian. Ohne Anrede kam er direkt zur Sache: »Kennst du einen Maximus? Er hat mir geschrieben, ich solle die Finger von dir lassen. Ich wäre nicht gut für dich. Dieser Typ ist anscheinend völlig irre. Ich bin der König. Niemand hat mir etwas zu befehlen. Als devote Schülerin deines Königs ist es dir verboten, solchen Umgang zu pflegen.«

Beim Lesen dieser Zeilen lief es Evangelina eiskalt über den Rücken. Maximilan war offensichtlich erzürnt und woher wusste dieser Maximus von ihrer Verbindung zum König? Umgehend beantwortete sie seinen Brief: »Meine verehrte Hoheit, ja, ich habe Maximus auf der großen Ballnacht hier in Köln kennengelernt. Es war nur eine flüchtige Bekanntschaft. Ich habe ein paar Mal mit ihm getanzt. Das war alles. Ich habe keine Ahnung, wie er Euch mit mir in Verbindung bringen konnte. Ich habe mit keinem Wort erwähnt, dass wir uns kennen. Es ist mir ein absolutes Rätsel, wie er das herausfinden konnte. Ich habe ihm weder mitgeteilt, wo ich mich aufhalte, noch sonst irgendwelche Informationen gegeben. Er wollte sich mit mir verabreden, doch ich habe abgelehnt. Nun frage ich mich, ob er herausgefunden hat, wo meine Unterkunft ist, und mich möglicherweise überwacht und ausspioniert. Es tut mir sehr leid, dass er Euch meinetwegen belästigt hat. Ihr dürft jedoch versichert sein, dass ich ihm keinen Anlass dazu gegeben habe und nichts Unrechtes getan habe.«

Abermals wenige Tage später hatte sie eine Antwort von Maximilian: »Anscheinend wird es höchste Zeit, dass ich mich mal wieder persönlich um deine Erziehung kümmere, damit du nicht vom rechten Weg abkommst. Es gefällt mir nicht, dass du derartige Bekanntschaften hast. Außerdem bist du dort, wo du dich gerade befindest, nicht mehr sicher. Ich befehle dir, unverzüglich nach Düsseldorf zu kommen. Für dein törichtes Verhalten und dafür, dass du uns in eine solche Lage gebracht hast, werde ich dich angemessen bestrafen. Aldan wird dich abholen, damit dir unterwegs nichts passiert. Befolge alle seine Anweisungen. Er genießt mein uneingeschränktes Vertrauen. Und wehe, ich höre, dass du Widerworte gegeben hast. Dafür gibt es eine Zusatzstrafe. Pack deine Sachen zusammen und regele deine Dinge. Sobald Aldan eingetroffen ist, werdet ihr sofort zum Königshof reiten.«

Evangelina schluckte. »*Maximilian ist zweifellos ziemlich wütend. Was fällt ihm nur ein? Er kümmert sich in keiner Weise um mich und dann beschwert er sich, dass ich Bekanntschaften habe. Hätte er mich nicht derart ver-*

nachlässigt, so wäre ich diesem Maximus nie begegnet. Es ist doch nicht meine Schuld, dass der ihm geschrieben hat. Ich habe nichts Verbotenes getan. Es wird ja wohl erlaubt sein, mit anderen Männern zu tanzen. Das Positive an der Sache ist jedoch, dass ich Maximilian endlich wiedersehen werde. Dafür nehme ich eine Bestrafung doch gerne in Kauf.« Bei der Vorstellung, wie ihre Strafe wohl aussehen würde, verspürte Evangelina eine leichte Erregung. Sie musste sich zusammenreißen, um nicht ins Tagträumen zu versinken. Aldan könnte bereits in wenigen Stunden da sein. Sie packte ihre Sachen zusammen, bezahlte ihre Unterkunft und schrieb Peter einen Brief, in dem sie die jüngsten Ereignisse schilderte.

KAPITEL 21

Kurz nachdem sie alles erledigt hatte, klopfte es an ihrer Zimmertür. Wie erwartet, war es Aldan.

»Seid Ihr fertig, Lady Evangelina? Der König hat befohlen, dass wir sofort aufbrechen. Euer Pferd steht schon gesattelt bereit. In zwei Tagen werden wir am Königshof sein. Alleine würde ich es an einem Tag schaffen. Aber für eine Frau ist das zu beschwerlich. Wir werden einmal unterwegs an einem sicheren Ort übernachten. Der König ist ganz schön aufgebracht. In Eurer Haut möchte ich gerade nicht stecken.«

»Ja, ich bin so weit. Wir können direkt losreiten.«

Aldan nahm ihr Gepäck. Evangelina und Yeduri folgten ihm zum Stall. Hymnus blickte sie mit warmen Augen an. Dies ließ sie ruhiger werden. Sie ritten bis zum Einbruch der Dunkelheit und kehrten nicht etwa in einer Herberge ein, sondern bezogen ihr Nachtlager in einem Heuschober.

Aldan reichte ihr belegte Brote sowie eine Wasserflasche. »Ich weiß, das ist nicht gerade ein Festmahl. Mir wäre eine warme Mahlzeit auch lieber, aber wir können kein Feuer machen, um keine Aufmerksamkeit zu erregen. Der König bringt mich um, wenn Euch etwas geschieht. Nun esst Euch satt und versucht zu schlafen. Ihr könnt unbesorgt sein. Ich werde die Nacht Wache halten. Morgen wird ein anstrengender Tag für Euch. Wir werden bei Morgengrauen aufbrechen und durchreiten, bis wir am Königshof angekommen sind.«

»Danke Aldan. Es tut mir leid, dass ich dir Umstände mache. Du kannst auch ruhig schlafen. Yeduri entgeht nichts. Er wird auf uns aufpassen.«

Er antwortete nicht, sondern bereitete ihr Nachtlager in einer Ecke. Sie dachte, es sei wohl besser, ihn nicht auch noch zu erzürnen, und legte sich hin. Trotz der Decke war ihr kalt. Sie kuschelte sich an Yeduri, der sich direkt neben ihr platziert hatte. Aldan machte keinerlei Anstalten, sich ebenfalls hinzulegen. Die Nacht verlief ruhig.

Evangelina erwachte ausgeruht. Direkt nach dem Frühstück ritten sie los. Sie machten lediglich Rast, um zu essen und zu trinken. Als sie den Königshof erreichten, war es bereits dunkel.

Der Stallmeister nahm sie höchstpersönlich in Empfang. Sie führte Hymnus durch die lange Stallgasse. In den geräumigen Boxen standen viele prachtvolle Pferde. Ganz am Ende des Gangs wurde ihr die vorletzte Box für Hymnus zugewiesen. Sie war um ein Vielfaches größer als übliche Pferdeboxen und frisch eingestreut. In einer Ecke lag ein riesiger Berg duftendes Heu bereit und der Stallmeister schüttete einen Eimer Kraftfutter in die Futterkrippe.

»Ich denke, hier lässt es sich ganz gut aushalten, Hymnus«, sagte sie und ihr Blick wanderte in die Nachbarbox. Diese war leer. »Orpheus« stand auf einem Schild an der Boxentür.

Aldan trat neben sie. »Hier steht das Lieblingspferd des Königs, wenn er zuhause ist. Der Gang hinter der letzten Box führt direkt zu den Privatgemächern von Maximilian. Er verweilt aktuell nicht bei Hofe, da er dringende Geschäfte zu erledigen hat. Vermutlich wird er erst zur Ballnacht zurück sein. Bis zu seiner Rückkehr bin ich für Eure Sicherheit verantwortlich. Ihr dürft Euch hier bei Hofe frei bewegen, außerhalb jedoch nur in meiner Begleitung. Nun kommt, Lady Evangelina, es ist schon spät und die Müdigkeit ist Euch anzusehen. Ich bringe Euch in Euer Gemach. Es ist das Gemach direkt neben dem des Königs.«

Aldan trug ihr Gepäck bis zur Türschwelle und wünschte ihr eine erholsame Nacht.

Sie sah sich um. Das Gemach war riesig. Direkt gegenüber der Tür am anderen Ende des Raumes stand ein breites Bett. Die Bettwäsche war strahlend weiß und mit Blüten aus Samt und Goldfäden bestickt. Rechts neben dem Bett stand ein edler Waschtisch mit einem großen, in Gold gerahmten Spiegel. Auf dem Waschtisch lag ein ganzes Sortiment von Kämmen, Bürsten, Haarnadeln, –bändern, Seifen, Parfum und sonstigen Körperpflegeartikeln. Evangelina ging hinüber zu dem geräumigen Schrank aus Eichenholz, der sich links vom Bett befand und mit zahlreichen Schnitzmotiven geschmackvoll verziert war. Sie öffnete ihn und fand eine große Auswahl an Gewändern und Schuhen vor. Die Schubladen des Schrankes waren gefüllt mit unzähligen Halsketten,

Ohrringen sowie sonstigem Schmuck. Sie räumte ihre Sachen ein. Da sie hungrig von dem langen Ritt war, nahm sie sogleich ihr Abendessen ein, das auf dem Esstisch neben dem Schrank für sie bereitstand. Anschließend warf sie noch einen kurzen Blick in die Kommode neben dem Waschtisch. Darin befanden sich Dessous aus den verschiedensten edlen Stoffen. Schließlich begab sie sich zu Bett.

»Meine Hoheit wird erst zur Ballnacht zurück sein. Bis dahin wird Aldan mich überwachen. Das habe ich mir in der Tat etwas anders vorgestellt. Ich weiß gar nicht, warum Maximilian denkt, ich sei in Gefahr. Außer Peter weiß niemand, dass ich hier bin.« Über diesen Gedanken schlief sie bald ein.

Am nächsten Morgen wurde Evangelina durch das Knurren von Yeduri geweckt. Im Zimmer stand eine rundliche Frau mittleren Alters.

»Guten Morgen, Lady Evangelina. Ich bin Anna, Eure persönliche Kammerdienerin. Ich bringe Euer Frühstück. Ich habe angeklopft, aber Ihr habt so tief geschlafen, dass Ihr mich nicht gehört habt. Könntet Ihr bitte dafür sorgen, dass Euer Hund mir nichts tut?«

»Es ist gut, Yeduri. Sie führt nichts Böses im Schilde. Du kannst dich beruhigen.«

Yeduri hörte auf zu knurren, legte sich auf den Teppich vor das Bett und ließ Anna keine Sekunde aus den Augen.

»Ich danke dir für das Frühstück, Anna. Bitte richte

Aldan aus, dass ich in etwa zwei Stunden in die Stadt möchte.«

»Wie Ihr wünscht, Lady Evangelina. Wann immer Ihr etwas benötigt, lasst es mich wissen. Ich bin in der Kammer direkt neben Eurem Gemach.«

Anna zog sich zurück. Eine persönliche Kammerdienerin und ein Leibwächter – das war eindeutig gewöhnungsbedürftig. Wenn sie das Weib eines Königs sein wollte, müsste sie sich jedoch wohl oder übel daran gewöhnen, ebenso wie daran, dass ihre Mahlzeiten so üppig aufgetischt wurden, dass eine ganze Familie davon satt werden würde. Sie kostete von allem ein wenig, gab Yeduri ein paar Happen ab und fragte sich, was wohl mit den Resten passieren würde.

Kaum hatte sie sich angekleidet und frisch gemacht, klopfte es an der Tür. Es war Aldan.

»Seid Ihr so weit, Lady Evangelina? Anna sagte mir, Ihr wollt in die Stadt.«

Sie nahm ihre Tasche und öffnete die Tür.

»Ja, wir können los. Bitte bring mich zu dieser Adresse. Ein guter Freund hat mir diesen Friseur und Visagisten empfohlen.«

Die Kutsche stand schon bereit. Sie fuhren direkt zu der von ihr angegebenen Adresse. Es handelte sich um ein prunkvolles Gebäude mit einem riesigen Schaufenster, in dem zahlreiche Perücken und Damenutensilien wie Hüte, Handtaschen, Handschuhe, Schals, Geldbörsen, Uhren sowie sonstiger Schmuck ausgestellt waren. Sie wurden von einer eleganten Dame in Empfang genommen.

»Sie wurden mir von Peter von Brühl empfohlen. Ich möchte mich heute probeweise frisieren und schminken lassen. Sollte ich mit dem Ergebnis zufrieden sein, so möchte ich einen Termin für den Nachmittag des Tages machen, an dem die Ballnacht am Könighofe stattfinden wird.«

»Einen Augenblick. Ich bin gleich zurück.«

Die Dame verschwand kurz und kam in Begleitung eines Herrn wieder.

»Ihr müsst Lady Evangelina sein. Mein Name ist Matthias. Peter ist ein guter Freund von mir. Er hat mir bereits angekündigt, dass Ihr mich aufsuchen würdet. Selbstverständlich werde ich mich persönlich um Euch kümmern und mein Bestes geben.«

Er geleitete sie in den hintersten Raum des Ladens. Aldan positionierte sich vor der Tür, um alles im Blick zu haben.

»Ihr seid ein natürlich, eleganter Typ. Da darf man es mit Schminke nicht übertreiben. Das habt Ihr auch gar nicht nötig. Dennoch sollte es für eine Ballnacht am Königshofe schon etwas mehr sein als für gewöhnlich. Mit Eurem feinen Haar wird es nicht ganz einfach werden, aber es ist machbar. Ihr habt eine so außergewöhnliche Naturfarbe. Da kann die beste Perücke nicht mithalten.«

»Das habe ich so ähnlich schon einmal gehört. Ihr

seid der Fachmann. Ich vertraue auf Euch und Eure Erfahrung und lasse mich einfach überraschen.«

Sie schenkte Matthias ihr Lächeln und setzte sich entspannt in den Stuhl. Zunächst wusch er ihr Haar und massierte ein wohl riechendes Öl in ihre Kopfhaut ein. Danach schlug er ihr nasses Haar in ein Handtuch ein und reinigte ihr Gesicht, ihren Hals und ihr Dekolleté. Er erklärte Evangelina bei jedem seiner Handgriffe, was er tat und was er damit bewirken wollte. Nach einer guten Stunde hatte er diverse Cremes, Gesichtsfarben und Puder aufgetragen sowie ihre Augen mit einigen Hilfsmitteln in Szene gesetzt. Anschließend widmete er sich ihrem Haar. Er bearbeitete es mit verschiedenen Bürsten und probierte solange unterschiedliche Hochsteckfrisuren aus, bis er mit dem Ergebnis zufrieden war. Zum Abschluss trug er ihr noch eine Lippenfarbe in bordeauxrot auf.

»Perfekt. Es war einfacher, als ich erwartet hatte. Euer Spiegelbild wird zwar noch kurze Zeit ungewohnt für Euch sein, aber ich habe gar nicht viel machen müssen, auch wenn es vielleicht den Anschein hatte. Ihr seht Euch immer noch sehr ähnlich. Ich habe lediglich Eure Vorzüge betont. Das ist mehr als ausreichend. Ihr werdet die Königin der Ballnacht sein, auch wenn einige andere Damen sicherlich sehr viel stärker geschminkt sein werden.«

Sie betrachtete sich im Spiegel. »Ich danke Euch, Matthias. Ja, Ihr habt Recht, an dieses Spiegelbild werde ich mich erst noch gewöhnen müssen. Da ich jedoch noch ganz gut zu erkennen bin, wird mir das sicher nicht allzu schwer fallen. Ich bin froh, dass die heutige Generalprobe so erfolgreich verlaufen ist. Nun kann ich entspannt der Ballnacht entgegen sehen.«

Sie vereinbarten einen Termin für den frühen Nachmittag am Tage der Ballnacht. Matthias geleitete sie nach vorne, wo Aldan noch immer auf seinem Posten verharrte.

»Ihr seht bezaubernd aus, Lady Evangelina. Maximilian wird sehr erfreut sein, Euch so bei der Ballnacht zu sehen.«

Sie verabschiedeten sich von Matthias und stiegen in die Kutsche ein, die vor der Tür auf sie gewartet hatte.

»Ich bin etwas hungrig, Aldan. Könnten wir bitte in einem Gasthaus einkehren? Wenn ich nicht sehr bald etwas zu essen bekomme, werde ich einen Schwächeanfall erleiden. Ich lade dich ein.«

Aldan verdrehte die Augen. »Na gut. Maximilian würde das zwar sicher nicht gefallen. Er will nicht, dass wir vor der Ballnacht Aufsehen erregen. Aber er würde auch sicher nicht wollen, dass Ihr einen Schwächeanfall erleidet. Bezahlen werde selbstverständlich ich. Eine wahre Dame lädt niemals einen Mann ein. Das solltet Ihr dringend verinnerlichen.«

Aldan nannte dem Kutscher eine Adresse. Nach wenigen Minuten stiegen sie in einer Nebenstraße aus und betraten ein Wirtshaus. Der Wirt begrüßte seine

Gäste mit einem Nicken und Aldan steuerte sofort den Tisch in der hintersten Ecke an.

»Es ist kein erlesenes Lokal, aber es ist sauber und Ihr solltet hier zumindest satt werden. Wie schon gesagt, wir dürfen kein Aufsehen erregen. Ich hoffe, das wird uns gelingen. Hierher verirren sich normalerweise keine Adligen, sodass mir dieser Ort am geeignetsten erscheint.«

»Ich weiß nicht, ob uns das gelingen wird. Ich habe das Gefühl, dass mich hier alle anstarren und tuscheln, und ich habe keine Ahnung warum. Aus welchem Grund dürfen wir kein Aufsehen erregen? Das klingt ja fast so, als solltest du mich verstecken. Wo ist denn das Problem? Was ist schlimm daran, wenn uns jemand sieht?«

»Ihr wollt anscheinend immer alles genau wissen. Maximilian hat überhaupt keine Lust auf diese Ballnacht. Wie Ihr wisst, ist die Königinmutter schwer krank. Die Ballnacht findet auf ihren Wunsch hin statt. Es sind alle hochrangigen Edeldamen des Reiches eingeladen. Die Königinmutter möchte, dass Maximilian möglichst viele von ihnen kennenlernt und eine wählt, die er zu seiner Frau macht. Es wird höchste Zeit für einen Thronfolger. Sollte Maximilian keinen Sohn zeugen, so werden sein jüngerer Bruder und nach ihm dessen erstgeborener Sohn nach Maximilians Tod das Volk regieren. Die Königinmutter fürchtet, dass das Reich dann zerfallen wird und Not und Chaos herrschen werden, denn Maximilians Bruder ist völlig verantwortungslos und nur auf seinen eigenen Vorteil bedacht. Das Volk interessiert ihn überhaupt nicht. Er sinnt allenfalls darüber nach, wie er es ausbeuten kann, um selbst noch mehr Reichtümer anzuhäufen. Maximilian weiß, dass die Sorge der Königinmutter durchaus berechtigt ist, sodass er ihr den Wunsch nach der Ballnacht nicht abschlagen konnte. Gleichzeitig belastet es ihn stark, auf diese Art eine Frau wählen zu sollen, die er nicht liebt. Doch nun seid Ihr hier und Ihr werdet bei der Ballnacht erscheinen. Eure Briefe und Eure Entwicklung haben ihn sehr beeindruckt, und ich kann Euch versichern, dass er wahrlich nicht leicht zu beeindrucken ist. Er weiß längst, dass es ein Fehler war, Euch freizugeben. Nun hat er die Möglichkeit, bei der Ballnacht Euch zu wählen. Er will jedoch nicht, dass es vor dem Ball Gerede gibt und bekannt wird, dass er sich bereits für eine Frau entschieden hat.«

Evangelinas Herz schlug schneller. Sie atmete tief ein und wieder aus.

»Das sind ja Neuigkeiten. Ich habe mich einfach darauf gefreut, Maximilian wiederzusehen und eine zweite Chance zu bekommen. Doch jetzt geht es gleich ans Eingemachte. Alle hochrangigen Edeldamen des Reiches werden versammelt sein. Wird er mich bei all der Konkurrenz überhaupt sehen? Vielleicht wählt er doch lieber eine andere. Peter könnte Recht haben. Eine andere Frau könnte ihn mir vor der Nase wegschnappen. Aber dann kann ich es auch nicht ändern. Ich habe zumindest mein Bestes gegeben.«

Aldan musste schmunzeln. »Nun beruhigt Euch mal wieder. Ich kenne seinen Geschmack. Wenn Matthias Euch für die Ballnacht wieder so herrichtet wie heute, wird es keine Frau geben, die Euch ausstechen kann. Das ist auch der Grund, warum die Leute Euch hier gerade ansehen und tuscheln. An einen solchen Anblick sind sie nicht gewohnt. Außerdem habt Ihr so intensiv um Maximilians Herz geworben, dass er sich Euch kein zweites Mal entziehen kann. Ich kenne ihn lange genug. Ich bin sein engster Vertrauter und Freund. Ich weiß, wie er tickt, manchmal sogar besser als er selbst. Es wird Zeit, dass wir aufbrechen. Wir haben schon für genug Gerede gesorgt. Bis zur Ballnacht solltet Ihr Euch möglichst wenig außerhalb Eures Gemachs aufhalten.«

Aldan zahlte und brachte sie zurück zur Kutsche.

»Na gut, wenn ich schon in den kommenden Tagen Ausgangssperre habe, können wir dann wenigstens jetzt noch eine Stadtrundfahrt machen? Hier in der Kutsche kann mich doch niemand sehen. Was ist eigentlich mit der ersten Frau des Königs passiert? Er hat mir gegenüber nur erwähnt, dass er sie durch tragische Umstände verloren hat.«

Aldan stimmte der Stadtrundfahrt zu. Während Evangelina sich durch das Fenster der Kutsche Düsseldorf ansah, erzählte Aldan, was geschehen war.

»Es ist schon viele Jahre her. Maximilian war zu

der Zeit noch Prinz und sein Vater regierte als König das Land. Maximilian und seine Frau waren noch sehr jung. Sie war schwanger und sollte bald ihr erstes Kind gebären. Die Schwangerschaft verlief problemlos. Doch während Maximilian mit seinem Vater unterwegs war, der ihn mit den Staatsgeschäften vertraut machen wollte, die er bald übernehmen sollte, verstarb sie plötzlich und völlig unerwartet und mit ihr der noch ungeborene Sohn. Sie wurde von der Kammerdienerin morgens tot im Bett gefunden. Auch die hinzugezogenen Ärzte hatten keine Erklärung für diesen viel zu frühen und unerwarteten Tod. Maximilian machte sich große Vorwürfe, dass er nicht da war, als sie ihn brauchte, dass er sie nicht beschützt hatte, wie er es am Tage ihrer Hochzeit vor Zeugen versprochen hatte. Er ist bis heute nicht darüber hinweg gekommen und denkt, er hätte ihren Tod vielleicht verhindern können, wenn er bei ihr gewesen wäre. Diese Gedanken quälen ihn immer noch täglich. Er hat seine Frau abgöttisch geliebt. Es hat Jahre gedauert, bis er überhaupt wieder ein Weib angerührt hat. Alle, die nach ihr kamen, waren mehr oder weniger nur Bettgespielinnen. Keine konnte je wieder sein Herz berühren. Er hat es all die Jahre verschlossen gehalten, um nie wieder solchen Schmerz fühlen zu müssen. Darum wirkt er manchmal auch schroff und unnahbar. Aber das ist nur Selbstschutz. Ihr scheint die erste Frau zu sein, für die er sich möglicherweise wieder öffnen könnte. Ich wünsche es ihm, und auch Euch, von ganzem Herzen.«

Evangelina schwieg während der gesamten Stadtrundfahrt. Die ein oder andere Träne kullerte über ihre Wangen, während sie Aldans Worten lauschte. Als sie wieder am Königshof angekommen waren, zog sie sich unverzüglich in ihr Gemach zurück.

»Ich danke dir, dass du so offen mit mir gesprochen hast, Aldan, und verspreche dir, dass ich sehr behutsam mit Maximilian und seinem Herzen sein werde, sofern er tatsächlich mich wählen wird.«

KAPITEL 22

In den folgenden Tagen dachte Evangelina viel darüber nach, was Aldan ihr über Maximilian und den Verlust seiner Frau erzählt hatte. Sie versuchte nachzuempfinden, wie er sich damals gefühlt haben musste und noch immer fühlte. Hinter seiner harten und scheinbar undurchdringbaren Schale steckte ein viel weicherer Kern, als sie geglaubt hatte. Trotz ihres tragischen und viel zu frühen Todes beneidete sie Maximilians Ehefrau ein wenig.

»Was muss es für ein erhebendes Gefühl sein, von einem solchen Mann aufrichtig geliebt zu werden. Lieber würde ich jung und in diesem beglückenden Wissen sterben als alt und einsam. Schlimm ist der Tod nicht für den, der glücklich stirbt, sondern für diejenigen, die unglücklich zurückbleiben – so wie er. Ich möchte, dass die Traurigkeit in ihm weniger wird, dass das Leben für ihn nicht nur mit Pflichten verbunden ist, dass er wieder Freude und Leichtigkeit empfinden kann und dankbar für das Geschenk des Lebens ist. Ich werde alles daran setzen, ihm möglichst viele glückliche Momente zu schenken. Ich hoffe, er gibt mir die Gelegenheit dazu.«

Zwischen den Phasen, in denen Evangelina darüber nachdachte, wie sie Maximilan auf emotionaler Ebene erreichen konnte, übte sie sich noch ein wenig in elegantem Auftreten und Ausdruck, denn für einen König war es nun mal wichtig, dass auch die äußere Form eingehalten wird. Inzwischen war das auch für sie nichts Außergewöhnliches mehr. Sie musste jedoch die Zeit bis zur Ballnacht irgendwie totschlagen und hielt sich an Aldans Anweisung, ihr Gemach möglichst wenig zu verlassen. So ging sie lediglich zwei Mal täglich zum Stall, um nach Hymnus zu sehen und Yeduri etwas Auslauf zu verschaffen. Als sie am Morgen der Ballnacht in den Stall kam, war auch die hinterste Box belegt. Sie schaute hinein und erkannte sofort den schwarzen Hengst wieder, der Maximilian auch am Tage ihrer ersten Begegnung getragen hatte. Orpheus war zurück, also musste auch der König wieder da sein.

»Sie sind spät in der Nacht zurück gekommen. Maximilian schläft noch«, meinte Aldan, der von ihr unbemerkt den Stall betreten hatte.

»Ich hole Euch um 14 Uhr für den Besuch bei Matthias ab. Bis dahin solltet Ihr alles andere erledigt haben.«

»Danke, Aldan, ich werde pünktlich um 14 Uhr bereit sein.«

Sie ging zurück in ihr Gemach, wo Anna bereits ein heißes Bad mit Rosenblüten für sie vorbereitet hatte.

»Vielen Dank, Anna. Das sieht sehr stimmungsvoll aus. Ich denke, ich komme alleine klar.« Anna zog sich zurück. Evangelina legte ihre Kleidung ab und stieg in das warme Wasser. Sie schloss die Augen und atmete den Duft der Rosenblüten ein. Das Bad war so wohltuend und entspannend, dass sie fast eingeschlafen wäre. Erholt und mit freiem Kopf stieg sie aus der Wanne und trocknete sich sorgfältig ab. Anschließend cremte sie sich ein und streichelte dabei sanft über ihren Körper. Sie stellte sich vor, es seien Maximilians Hände, die sie berührten. Ihre romantischen Träumereien wurden durch Anna unterbrochen, die sie darauf hinwies, dass Aldan gleich da sein werde. Kaum war Evangelina angezogen, klopfte er auch schon an der Tür.

Die Fahrt zu Matthias kam ihr endlos vor. Sie versuchte, möglichst wenig zu denken und entspannt zu bleiben. Das gelang ihr im Sessel von Matthias sehr gut. Er strahlte Ruhe und Besonnenheit aus und war zugleich mit Elan bei der Sache.

Überzeugt von seinem Werk verabschiedete er sich mit den Worten: »Ich würde mich freuen, Euch bald wieder begrüßen zu dürfen, Lady Evangelina. Wie ich schon bei Eurem letzten Besuch sagte: Ihr werdet die Königin der Ballnacht sein. Daran habe ich nicht den geringsten Zweifel.«

Aldan nickte zustimmend. Der Kutscher, der wie üblich gewartet hatte, brachte sie wieder zurück zum Königshof.

»Anna wird Euch um 20 Uhr abholen und bis zum Ballsaal bringen. Ab dann seid Ihr auf Euch alleine gestellt. Ich bin jedoch sicher, Ihr werdet nicht lange alleine bleiben. Selbstverständlich sind auch ebenso viele Herren wie Damen zu dem Ball geladen. Alle Anwesenden sind weder verlobt noch verheiratet.«

»Vielen Dank, Aldan. Was ist eigentlich mit dir?«

»Ich werde auch da sein, um Maximilian seelischen Beistand zu leisten«, meinte er zwinkernd.

Als Evangelina ihr Gemach betrat, lag ihre gesamte Abendgarderobe, einschließlich Dessous, Schuhen und Schmuck, auf dem Bett für sie bereit. Daneben fand sie einen Brief: »Alles, was du hier vorfindest, habe ich persönlich für dich ausgewählt. Den Schmuck habe ich meiner Frau zur Verlobung geschenkt. Trage ihn mit Stolz und sei dankbar, dass dir diese Ehre zuteil wird. Maximilian.«

Sie bekam eine Gänsehaut. Er hatte tatsächlich den Schmuck seiner verstorbenen Frau, die er über alles geliebt hatte, für sie ausgewählt. Zutiefst gerührt kämpfte sie mit den Tränen, doch sie wusste, dass sie sich zusammenreißen musste. Es stand zuviel auf dem Spiel. Matthias hatte sie perfekt zurecht gemacht. Wenn sie jetzt weinen würde, würde sie alles ruinieren. Sie könnte mit verlaufener Schminke unmöglich auf der Ballnacht erscheinen und Maximilian müsste eine andere Frau wählen. Als sie sich wieder gesammelt hatte, wechselte sie ihre Kleidung gegen die von Maximilian ausgewählten Stücke. Zum Schluss legte sie die Perlenkette und die dazu passenden Ohrringe an. So saß sie eine Weile regungslos da und konzentrierte sich darauf, ruhig zu atmen.

Als Anna kam, schlüpfte sie in ihre Schuhe und bat diese, ihr Kleid zu schließen.

»Ihr seht wundervoll aus. Die Blicke der Männer

werden Euch gehören. Nun kommt, wir müssen los. Es sind schon einige Gäste eingetroffen.«

Evangelina folgte Anna durch zahlreiche Korridore, bis sie schließlich am Ballsaal angekommen waren. Vor der Eingangstür stockte sie kurz. Doch Anna schob sie sanft hinein und zog sich dann dezent zurück. Hier stand sie nun, direkt am Eingang des riesigen Ballsaales, der bereits gut gefüllt war. Sie beobachtete zunächst das Geschehen. Immer mehr herausgeputzte Damen traten ein, teils in Begleitung älterer Herren, bei denen es sich vermutlich um ihre Väter handelte. Diese jungen Frauen wirkten steif und verunsichert. Teilweise kamen die Damen auch in Gruppen ohne Begleitung von Herren. Die Damengrüppchen schienen sich ganz gut zu amüsieren. Sie tuschelten und kicherten. Evangelina sah jedoch keine einzige Dame, die alleine kam. Auch die Herren kamen überwiegend in kleinen Gruppen an. Ab und zu trat auch ein einzelner Herr ein. Sie fragte sich, wie Maximilian in dem Getümmel den Überblick behalten sollte und ob er sie überhaupt sehen würde. Es waren mindestens ein Tausend Frauen und ebenso viele Männer in dem Saal versammelt. Bevor sie diesen Gedanken weiterführen konnte, ergriff ein attraktiver junger Herr ihren Arm.

»Ihr wollt doch wohl nicht den ganzen Abend hier stehen bleiben? Ich heiße Andreas und wer seid Ihr?«

»Mein Name ist Evangelina und nein, ich möchte

nicht den ganzen Abend hier stehen bleiben«, entgegnete sie mit einem entwaffnenden Lächeln.

»Dann kommt, ich würde vorschlagen, wir sehen uns erst mal in aller Ruhe um.«

Er führte sie einmal durch den gesamten Saal. Über die komplette linke Seite erstreckte sich ein Buffet mit einer schier unbegrenzten Auswahl an Speisen und Getränken. Am Kopfende des Saales hatte das Orchester seinen Platz. An der rechten Seite waren in mehreren Reihen Tische und Stühle sowie Stehtische aufgestellt. Gerade hatten sie einen Sitzplatz ergattert, als der Kapellmeister um Ruhe bat. Hinter dem Orchester thronte erhöht und für alle gut sichtbar die Königsfamilie. In der Mitte die Königinmutter, zu ihrer Linken ein Mann, der etwas jünger als Maximilian zu sein schien, und eine Frau. Das mussten wohl sein Bruder und dessen Ehefrau sein. Zu ihrer Rechten saß Maximilian. Der Platz neben ihm war leer. Er wirkte souverän und ruhig, obwohl alle Blicke auf ihm ruhten. Aber das war für einen König ja nichts Ungewöhnliches. Seine mächtige Aura füllte den gesamten Raum aus. Evangelina war sich sicher, dass es keiner der anwesenden Personen gelingen würde, sich seiner Präsenz zu entziehen. Es gab keine einzige Frau, die ihn nicht begehrte. Denn aus diesem Grund waren sie alle hier. Jede einzelne von ihnen würde alles daran setzen, ihn für sich zu gewinnen. Ob er wirklich sie wählen würde? Vielleicht würde er es sich kurzfristig anders überlegen? Ihre Hand wanderte zu ihrem Hals und berührte die Perlenkette. Ein leises Lächeln stahl sich auf ihre Lippen. Wie konnte sie nach diesem Zeichen ihres Königs noch Zweifel hegen? Die Königinmutter, die sichtlich geschwächt war, hielt eine kurze Ansprache, wünschte allen Anwesenden einen schönen Abend und eröffnete sowohl das Buffet als auch den Tanz.

Andreas bat Evangelina um den ersten Tanz, welchen sie ihm gewährte. Er war ein guter Tänzer, der sie sicher über die Tanzfläche führte – nicht ohne die Blicke der anderen Herren auf das Paar zu ziehen. Kaum war Evangelina wieder an ihrem Platz, bat auch schon der nächste Herr um einen Tanz. Dies setzte sich eine Weile so fort. Als sie gerade mit einem blonden jungen Mann über die Tanzfläche schwebte, trafen sich plötzlich ihre Blicke. Für kurze Zeit stockte ihr der Atem. Maximilian stand zusammen mit Aldan direkt neben dem Orchester und beobachtete die Paare auf der Tanzfläche. Am liebsten wäre sie sofort zu ihm hingegangen, aber ihr Tanzpartner hatte andere Pläne. Er nutzte die komplette Tanzfläche aus, sodass sie Maximilian wieder aus den Augen verlor.

»Wie sie sich verändert hat, Aldan. Sie ist von allen hier die eleganteste Dame. Niemand käme auf die Idee, dass sie noch bis vor ein paar Monaten das Leben eines Bauernmädchens geführt hat. Ich habe sie völlig unterschätzt. Eine solche Entwicklung innerhalb so kurzer Zeit hätte ich ihr nicht zugetraut. Sie ist so viel stolzer geworden und doch strahlen ihre Augen noch immer dieselbe Wärme aus. Ja, so wünsche ich mir meine Königin, stolz und warmherzig. Was war ich nur für ein Narr, sie freizugeben? Meine vielen Alltagspflichten und die unbezwingbare Trauer haben mich blind gemacht.«

Aldan lächelte. »Auch ein König ist eben nicht unfehlbar. Ich bin froh, dass Ihr Euch entschlossen habt, wieder zu leben. Ich durfte sie in den letzten Tagen besser kennenlernen und bin sicher, sie wird Euch glücklich machen, mein Freund und meine Hoheit.«

Nach ein paar weiteren Tänzen brauchte Evangelina eine Verschnaufpause. Sie bediente sich am Buffet, um sich zu stärken und ihren Durst zu löschen. Mit ihrem Teller und Glas ging sie zu einem der hinteren Stehtische, um zumindest während des Essens nicht von Männern angesprochen zu werden.

Sie überlegte, wie sie wieder in die Nähe von Maximilian gelangen könnte. Da packte sie plötzlich jemand von hinten im Genick. Diesen Griff konnte sie sofort zuordnen.

»Wie ich sehe, schließt mein devotes Mädchen schon wieder verbotene Bekanntschaften.« Seine tiefe Stimme, die sie schon so lange nicht mehr gehört hatte, jagte ihr einen Schauer über den Rücken. Sie drehte sich um. Sein Blick durchdrang sie.

»Damit ist ab sofort Schluss. Du gehörst mir alleine. Hast du das verstanden?«

»Ja, Eure Hoheit.«

»Dann sag es. Ich will es klar und deutlich aus deinem Munde hören, wem du gehörst.«

»Ich gehöre Euch alleine, Eure Hoheit. Ich dachte, Ihr würdet mich gar nicht finden unter den vielen Leuten hier«, erwiderte sie und wollte ihren Blick senken.

Doch er schob seine Hand unter ihr Kinn, sodass sie ihn ansehen musste.

»Ich habe dich von dem Moment an gesehen, als du diesen Saal betreten hast. Keine deiner Bewegungen ist mir entgangen. Ich wollte es lediglich eine Weile genießen zuzusehen, wie mein künftiges Weib von anderen Männern umworben wird. Keine der anderen Frauen hier interessiert mich. Somit tust du mir mit deiner Anwesenheit einen großen Gefallen. Nichtsdestotrotz wirst du heute Nacht noch zu deiner Strafe für dein leichtsinniges und ungebührendes Verhalten bezüglich dieses Maximus antreten. Doch jetzt wollen wir uns erst mal hier amüsieren«, sagte er mit einem schelmischen Lächeln und Augenzwinkern und zog sie auf die Tanzfläche.

»Es wird mir ein Vergnügen sein, meine Strafe durch Euch zu empfangen«, entgegnete sie mit einem verheißungsvollen Blick und schmiegte sich in seine Arme.